Girl Rebels
Der Aufstieg des Adlers

Mathea Ella Doll

Girl Rebels
Der Aufstieg des Adlers

Prolog

Zwischen Indien und Bangladesch lag ein winzig kleines Königreich, von dem kaum jemand wusste. Es war gerade einmal so groß, dass es zwei Dörfer und eine große Stadt gab. Die Dörfer hatten jeweils gerade einmal ein bisschen mehr als 200 Einwohnern. In der Stadt und den Häusern am Stadtrand lebten rund 50 000 Menschen.

Der Rest des Landes war hauptsächlich unberührte Natur. Es gab einen großen Fluss, ein Teil des Ganges, der allerdings vor Pythons und Krokodilen nur so wimmelte, mehrere Seen, bei denen man bis auf den Grund sehen konnte und eine wunderschöne Küste mit einem langen schwarzen Kiesstrand, türkisfarbenem Wasser und hohen, rauen Klippen, in denen die Seevögel ihre Nester bauten.

Dieses Königreich hieß Auria, benannt nach dem riesigen Berg im Zentrum des Landes, in dem es über hundert Gold –und Silberminen gab. Diese waren jedoch mit tödlichen Fallen gesichert, damit sich niemand widerrechtlich an dem Gold und Silber bereicherte, ganz zu schweigen von dem riesigen Diamantschatz, der im Innern des Bergs versteckt lag. Auch dieser war mit Fallen gesichert. Und nur der König von Auria wusste wie man die Fallen entschärfen oder umgehen konnte. Außerdem musste man zuerst den Weg durch den dichten Tropenwald am Fuß des Berges finden, wo Tiger, Leoparden, Elefanten, Affen oder Berggorillas lebten.

In Auria gab es noch das Kastensystem, doch König Abasin, ein sehr gerechter und großzügiger Mann, versuchte jeden gleich zu berechtigen. Leider funktionierte es nicht denn die vier verschiedenen Kasten verstanden sich überhaupt nicht gut. Die höheren Kasten wollten die niedrigeren nicht unterstützen und die niedrigeren wollten keine Unterstützung bekommen. Die Menschen mit handwerklichen Berufen aller Art und Bauern wurden schon immer von den Adligen und Reichen und den Gebildeten aus der Stadt Dhani ferngehalten und hatten sich ihre eigenen kleinen Dörfer aufgebaut. Diese hatten sie nach den indischen Göttern benannt, die sie anbeteten. So hieß das Dorf der Landwirte, das aus gerade mal sechs Höfen bestand nach Brahma, der er der Gott der Schöpfung war. Das Dorf der Handwerker war nach der Göttin Saraswati, der Göttin des Wissens und der Weisheit, aber auch der Kunst, benannt. In beiden Dörfern gab es jeweils eine riesige Götterstatue des Namenspatrons, der den Bewohnern Glück bringen sollte. Die Dörfer hatten sich zusammengeschlossen im ewigen Streit mit den beiden höheren Kasten. Sie hielten zusammen gegen die Menschen in der Stadt. Das hieß, wenn ein Mensch aus der Stadt ungerecht zu einem Friseur war, dann würde die Lieferung des Landwirts geringer ausfallen als sonst, oder es konnte sein, dass eben diese Person auf einmal eine Made oder ein anderes ekelhaftes Insekt in seinem Reis oder im Mehl finden würde.

Doch das war früher gewesen und nichts im Vergleich dazu, was nun im Land geschah. Denn König Abasin und sein älterer Bruder, Prinz Ajeet, führten Krieg gegeneinander. Es war ein Bürgerkrieg zwischen den Leuten aus den Dörfern und den Adligen, Reichen und Gebildeten aus der Stadt, wobei sich die Dorfbewohner Prinz Ajeet angeschlossen hatten und die Menschen aus der Stadt auf der Seite des Königs kämpften. Es war ein schrecklicher Krieg: Die beiden Dörfer waren fast komplett zerstört und die Kinder ernährten sich von den ungekochten Reiskörnern, weil es ansonsten nichts zu essen gab. Viele von ihnen verhungerten auch. Doch die Stadt war nicht besser dran: Überall brennende Häuser oder ausgebrannte Autos. Diejenigen, die nicht mitkämpften, versteckten sich und ihre Familien in den Kellern, wo sie einigermaßen sicher vor Bomben waren. Zu essen hatten die Leute in der Stadt auch kaum etwas, weil sie bisher immer von den Landwirten beliefert wurden. Außerdem gab es Spione und Verräter. Es wurde niemandem mehr vertraut, die Leute hatten Angst etwas falsches zu sagen.

Grund für diesen Krieg war ein Streit zwischen den beiden Brüdern. Prinz Ajeet, der Ältere, hätte eigentlich das Recht auf die Thronfolge gehabt, doch aus Sicht seines Vaters hatte er zu vieles falsch gemacht. Er war immer die Nummer zwei gewesen, während sein kleiner Bruder, der tolle, gutaussehende, nette Abasin alles bekam was er wollte. Seine Eltern hatten ihren jüngsten Sohn regelrecht vergöttert, egal welche Fehler er machte. Ajeet, der kräftig gebaut war längeres schwarzes Haar, schwarze Augen, dichte Augenbrauen und, wie sein kleiner Bruder einen dunkleren Teint hatte, aber eben nicht so attraktiv wie Abasin war, hatte in seinem Leben nur einen einzigen Fehler gemacht und das war seine Geburt. Abasin hingegen war immer der Liebling gewesen. Er sah zu allem Überfluss auch noch gut aus. Auch er hatte einen dunkleren Teint, aber nicht so dunkel wie Ajeet, er hatte sich die langen Haare bei Ajeet abgeschaut, die ihm viel besser standen als Ajeet, weil seine Locken sein schmales Gesicht schön umrahmten. Und dann hatte er es auch noch irgendwie geschafft, eine perfekte gerade Nase und einen schönen Mund zu bekommen. Und wie er es hinbekam, dass seine schwarzen Augen im richtigen Licht goldbraun aussahen, war Ajeet auch ein Rätsel. Er war natürlich nicht so perfekt wie sein kleiner Bruder. Manchmal hatten seine Eltern ihm das Gefühl gegeben, dass sie nie gewollt hätten, ihn zu bekommen. Mit diesem Gedanken musste er seine gesamte Kindheit zurecht kommen. Als er zwölf Jahre alt wurde starb sein Vater. Abasin war damals zehn. Es war kein schöner Geburtstag gewesen. Alle hatten geweint und ihm überhaupt keine Aufmerksamkeit mehr geschenkt. Ajeet wusste, dass sein Vater nichts dafür konnte, dass er ausgerechnet an seinem Geburtstag an Krebs starb, doch er hatte sich trotzdem geärgert. Wieder einmal wurde ihm die Show gestohlen. Außerdem hatte es ihn geärgert, dass sein Vater seinen kleinen, zehnjährigen Bruder zum Thronfolger gemacht hatte und nicht ihn. An der

Beerdigung seines Vaters hatte Ajeet dann natürlich nicht teilgenommen und auch nicht an der seiner Mutter, die zwei Jahre später starb. Nun standen die Brüder komplett alleine da und Abasin, der erst zwölf Jahre alt war, wusste nicht wie man regierte. Doch dafür hatte seine Mutter gesorgt. Sie hatte Berater für ihn eingestellt und so schaffte Abasin es, mit zwölf Jahren ein ganzes Land zu regieren. Ajeet kochte natürlich vor Wut. Er hätte König werden sollen. Er hätte es genauso gut gemacht wie sein Bruder, doch die Leute liebten Abasin. Ajeet wurde kaum mehr Beachtung geschenkt, und wenn, dann weil er der Bruder des Königs war. Mit achtzehn wurde es Ajeet zu viel und er ging nach China. Sieben Jahre später kehrte er zurück und erhob Anspruch auf den Thron, doch natürlich hatte er ihn nicht bekommen. Und so hatte er begonnen, Anhänger zu sammeln und Hetzreden gegen seinen Bruder zu halten. Schon bald hatte er alle beiden Dörfer hinter sich stehen und hatte mit ihnen seinen Bruder angegriffen. Doch der hatte ebenfalls Leute hinter sich und sich verteidigt. Und nun herrschte schon seit drei Jahren Krieg zwischen den Brüdern.

Prinz Ajeet hatte es sich irgendwie einfacher vorgestellt seinen Bruder loszuwerden; sein kleiner Bruder war einfach auf jeden Angriff vorbereitet und am Ende sah Ajeet immer alt aus. Er musste sich etwas anderes einfallen lassen. Und er hatte auch schon eine Idee.

Abasin hatte einen riesigen Palast aus Marmor. Das Dach war typischerweise eine Zwiebelkuppel, auf der eine riesige goldene Kugel thronte. Da der Palast viereckig war, gab es auf dem Dach auch noch vier Zwiebeltürme mit bunt gekachelten Dächern. Zudem hatte der Palast viele Säulen, Bögen, Balkone und Erker. Umgeben war der Palast von einem riesigen Garten, in dem die schönsten Pflanzen und Blumen wuchsen, und zwei großen Springbrunnen rechts und links vom Eingang, zu dem eine mit einem Roten Teppich ausgelegte Marmortreppe führte. Vor dem Palast ragte eine imposante Statue in die Höhe, die die Göttin Lakshmi darstellen soll. Ihr war der rechts am Palas angrenzende Tempel gewidmet. Auch der Tempel war größer als jeder andere in der Stadt und, anders als der Palast in vielen verschiedenen Farben gestrichen. Er war leicht Pyramidenförmig mit einem riesigen buntem Vordach aus Stein vor dem Eingang, der von verschiedenfarbigen Säulen gestützt wurde. Links vom Palast gab es dann noch die Pferdeställe, Koppeln und Reitplätze, doch um die beneidete Ajeet seinen Bruder nicht, denn er konnte Pferde nicht ausstehen. Sie stanken und warfen einen ab beim Reiten.

Mit seiner Ehefrau hatte Abasin natürlich auch mal wieder Glück: Celia Hard war Engländerin. Sie hatte lange, blonde Locken, war groß und schlank und hatte große himmelblaue Augen. Außerdem stets ein strahlendes Lächeln auf dem Gesicht. Zusammen mit ihr hatte Abasin auch zwei Kinder: seine sechsjährige Tochter Alice und seinen vierjährigen Sohn

Akaash, der einmal Thronfolger werden sollte. Alice kam stark nach ihrer Mutter. Sie hatte die gleichen Gesichtszüge und eisblaue Augen. Allerdings hatte sie sehr dunkelblondes Haar. Akaash hingegen hatte fast schwarze Augen und pechschwarzes Haar. Trotzdem war die Ähnlichkeit zu seiner großen Schwester durchaus vorhanden und beide hatten sie den Teint ihres Vaters geerbt. Die beiden Kinder waren immer so schrecklich fröhlich, fand Ajeet. Und sie steckten alle damit an. Aber dem würde er ein Ende setzen. An einem, seiner Ansicht nach dafür perfekten, kühlen Donnerstagabend kleidete Ajeet sich komplett in schwarz und huschte wie ein Schatten durch die menschenleeren und zerstörten Straßen. Nur hier und da war einmal ein Schuss oder ein anderer lauter Knall zu hören. Da Ajeet schlecht zur Vordertür hereinspazieren konnte, nutzte er den Durchgang im Tempel, der Tag und Nacht geöffnet war. Eine Verbindungstür zum Palast hatte Ajeets Vater einbauen lassen, damit er gemütlich vom Schlafzimmer aus in den Tempel gehen konnte. Ajeet wusste, dass die Tür mit einem Code gesichert war, den er nicht kannte. Doch er hatte vorgesorgt: Er hatte sich von seinem Technikgenie ein Programm auf sein Smartphone installieren lassen, mit dem man Codes in Sekundenschnelle knacken konnte.

Als Ajeet den Tempel betrat wäre er fast seiner Schwägerin in die Arme gelaufen, doch er konnte sich gerade noch rechtzeitig in eine Nische ducken. Celia betrat die Cella und verließ den Palast somit. Sie konnte er nicht töten, denn es waren Wachen bei ihr, die sofort Alarm schlagen würden und dann wäre sein Bruder vorgewarnt und er würde verhaftet oder sogar selbst getötet werden. Das wollte er nicht riskieren. Ajeet schlich sich an ihr vorbei zur Tür. Er steckte sein Smartphone an den Apparat an, an dem man den Code eingeben musste und wartete. Das Programm begann unzählige Zahlenkombinationen über den Bildschirm zu jagen, bis es schließlich piepte und die Tür aufschwang. Ajeet betrat das Schlafzimmer seines Vaters, in dem jetzt sein Bruder mit seiner Frau schlief. Das Schlafzimmer war in einem knalligen rot gestrichen und das Ehebett war ein Himmelbett in einem nicht minder knalligen rot. Rechts neben der Tür stand ein kleiner Altar, über dem Bilder von verschiedenen indischen Göttern hingen. Ein riesiger Kleiderschrank stand links neben der Tür. Er war weiß. Ajeet verließ den Raum und ging weiter. Er hatte eine Pistole dabei. Ganz in der Nähe hörte er ein Kind lachen. Gleich würde es das nicht mehr tun, dachte Ajeet grimmig. Er bog rechts ab und kam in den Thronsaal. Zwei riesige Throne standen gegenüber von einer schweren Holztür. Die Throne waren golden und über und über mit Elefanten bemalt. Über den Thronen an der Wand prangte das Wappen des Königreichs: Es war in vier Felder geteilt, die verschieden angemalt waren. Das obere rechte war gold-silbern gestreift und stand für das Reichtums des Landes durch den Schatz. Das daneben war grün und stand für die üppige Natur des Lands. Das rechts untere Feld war golden und stand für das Königshaus, während das

rote daneben für den ewigen Kampf zwischen Stadt und Land
stand. Ajeet ließ seinen Blick weiter schweifen. Hohe Fenster
ermöglichten einen Ausblick über die Stadt und den
Schlosspark. Der Boden war im Schachbrettmuster gefliest und
in der Mitte des Saals stand eine sehr lange Tafel. An der Tafel
saß König Abasin und war über irgendwelche Pläne gebeugt.
Ein kleiner Junge rannte lachend im Saal herum und schien
irgendetwas zu suchen.

„Guten Abend", sagte Ajeet plötzlich und ließ seine Stimme
bedrohlich klingen. Abasin und sein Sohn Akaash sahen auf.
Der Kleine bekam große Augen, Abasin sprang so heftig auf,
dass sein Stuhl nach hinten umkippte.

„Wie bist du hier reingekommen?", fragte er. In seinem
schönen Gesicht lag Zorn und ein Anflug von Angst. Ajeet
grinste.

„Du bist nicht der Einzige, der hier im Schloss aufgewachsen
ist, Bruderherz", antwortete er. „Und ich kenne immer noch ein
paar der Geheimnisse unseres Vaters..." Abasins Augen
weiteten sich. Anscheinend hatte er begriffen.

„So, und jetzt genug geredet", sagte Ajeet und seine Stimme
war plötzlich ganz hart. Er zog seine Pistole und richtete sie auf
seinen Bruder.

„Akaash, lauf", rief dieser seinem Sohn zu. Der Kleine war
sichtlich verwirrt. „Wir spielen fangen und jetzt lauf, ich fange
dich", fügte Abasin mit deutlicher Panik in der Stimme hinzu.
Ajeet lachte. Akaash war immer noch verwirrt, rannte aber los

zur Tür. Doch bevor er sie erreicht hatte, drückte Ajeet ab. Der kleine Junge klappte in sich zusammen wie eine Marionette, der man die Fäden durchgeschnitten hatte. Der nächste Schuss fiel und König Abansin wurde von seinem eigenen Bruder gestürzt.

Es war grausam für ein sechsjähriges Mädchen mitanzusehen wie zwei geliebte Personen getötet wurden, doch Alice verhielt sich genau richtig: Sie verharrte regungslos und vollkommen still in ihrem Versteck hinter dem langen weinroten Samtvorhang, der bis zum Boden ging und kam erst heraus, als ihre Mutter mit Wachen in den Saal gestürmt kam und Ajeet festnehmen ließ. Der Schock stand dem kleinen Mädchen deutlich ins Gesicht geschrieben, als sie zusah wie ihr Onkel abgeführt und die Leichen ihres Bruders und ihres Vaters mit weißen Tüchern abgedeckt und hinausgetragen wurden.

Noch in der selben Nacht wurden Ajeets Männer von der Armee des Königs überwältigt und gaben auf, da sie gemerkt hatten, dass sie nun keinen Anführer mehr hatten. Ajeet wurde nicht hingerichtet, doch die Königin schickte ihn ins Exil nach Russland. Mehrere seiner treuen Anhänger wurden festgenommen und Celia übernahm die Thronfolge, so wie es von ihrem Mann geregelt worden war. Er wollte um jeden Preis verhindern, dass Ajeet an die Macht kam. Demnach würde nach Celia erst noch Alice kommen und nach ihr ihre Kinder, sodass Ajeet wirklich keine Chance haben würde die Thronfolge zu übernehmen.

Die dunkle Gestalt am Tor

Acht Jahre waren vergangen. Alice war in den Sommerferien 14 Jahre alt geworden und vor einem halben Jahr in die achte Klasse gekommen.

Celia hatte es geschafft die Stadt und den Frieden wiederaufzubauen. Die Feindschaft zwischen den Kasten würde wohl immer bleiben, doch es gab Menschen, die ernsthaft versuchten miteinander auszukommen. Die Mädchen und Frauen bekamen eine bessere Bildung und bessere Berufe. Etwas, wofür ihr Mann sich niemals eingesetzt hatte, weil er seine Beliebtheit beim Volk behalten wollte. Celia musste sich mit vielen Beschwerdemails und sogar Morddrohungen herumschlagen, vor allem von Leuten aus den Dörfern, weil sie kein Mann und eine englische Politikstudentin war, als sie Alices Vater kennengelernt hatte, also nicht einmal adelig war, doch es kümmerte sie nicht weiter. Denn keine einzige der Mails war von einer Frau gekommen.

Celia hatte es mit einer gemischten Internatsschule versucht, doch als sich dort die Mädchen und Jungen prügelten und aufs übelste beschimpften, hatte Alices Mutter beschlossen zwei reine Internatsschulen zu gründen, wie sie es selbst aus England kannte, auch mit jeweiligen Schuluniformen. Die Grundschule blieb allerdings gemischt, denn dort prügelten und beschimpften die Kinder sich noch nicht.

An der Mädchenschule meldete sie Alice unter falschem Namen an. Ihre Sorge, Ajeets Anhänger könnten ihrer Tochter etwas antun, war sehr groß. Außerdem war Celia der Meinung, Alice könnte mit dem falschen Namen Freunde finden, die sie dafür mochten, wie sie wirklich war und nicht, weil sie die Prinzessin war. Umgekehrt galt es natürlich genauso. Keiner sollte Alice hassen, weil sie die Prinzessin war.

Alice hieß nun also Aleika Dalal und besuchte zurzeit die neunte Klasse des Amodia Patel Mädcheninternats, benannt nach einer Friedensaktivistin, die sich vor über hundert Jahren für den Frieden zwischen den vier Kasten einsetzte. Allerdings war sie gescheitert und wurde umgebracht. Celia hielt dennoch sehr viel von ihr. Auch das Internat für Jungen war nach einer besonderen Person benannt: Es hieß Prinz Akaash Jungeninternat.

Alice teilte sich ihr Zimmer im Internat mit einem Mädchen namens Ella Carson. Ella war klein für ihr Alter, hatte wilde rote Locken und funkelnde grüne Augen. Ihr Gesicht war voller Sommersprossen und sie hatte eine freche Stupsnase. Alle mochten Ella. Sie und ihre besten Freundinnen Kelly Hunter und May Sato waren die beliebteste Clique der Klasse. May war Klassenbeste. Sie kam aus Japan und war auch sehr hübsch. Sie hatte ein schmales Gesicht, langes seidenes schwarzes Haar und goldbraune mandelförmige Augen. Außerdem war sie frech und vorlaut und trotzdem beliebt bei den Lehrern. Kelly hingegen war eher schüchtern. Genau wie

Ella kam sie aus England. Sie hatte kastanienbraunes Haar, war groß und dünn, hatte eher blasse Haut und Saphir blaue Augen. Im Unterricht meldete sie sich selten, doch sie bekam trotzdem ständig nette Bemerkungen in ihrem Zeugnis. Kelly mochte es dann aber trotz ihrer Schüchternheit ganz gerne mit Ella und May zusammen im Mittelpunkt zu stehen. Alice hielt sich eher zurück. Sie konnte Ella nicht leiden und das beruhte auf Gegenseitigkeit. Ella dachte Alice wäre eine eingebildete Tussi, was Alice nur zurückgeben konnte. Fast täglich stritten die beiden sich, doch das bekam keiner mit. Denn es passierte erst abends, wenn die beiden Mädchen in ihrem Zimmer waren. Meistens waren es nur Kleinigkeiten, aus denen dann ein lauter Streit wurde und Ella lästerte dann am nächsten Morgen mit ihren Freundinnen über Alice. Alice war das egal. Sie brauchte keine Freunde. Sie war sowieso am liebsten allein, denn dann konnte sie in Ruhe nachdenken. Seit zehn Jahren war sie nun schon Aleika Dalal und noch nie hatte irgendjemand Verdacht geschöpft, doch Alice hatte es langsam satt sich zu verstellen. Ihre Mutter wollte davon aber nichts hören, denn das war die Bedingung gewesen, dass Alice ein normales Leben führen konnte. Doch Alice führte kein normales Leben, weil sie so sehr damit beschäftigt war ja nichts über sich preiszugeben, dass sie jeden abschreckte, der gerne etwas mir ihr zu tun haben wollte. Sie war unberechenbar. Mal war sie freundlich und im nächsten Moment ging sie hoch wie eine Bombe und das wegen jeder Kleinigkeit. Nein, mit Alice hatte man es wirklich nicht einfach. Alice wusste das und das störte sie am meisten an sich, doch sie konnte sich nicht ändern. Sie war nun einmal aufbrausend.

So war es auch heute gewesen. Alice saß auf einer Bank im Pausenhof und dachte über die heutige Englischstunde nach. Ella und Alice hatten sich wieder einmal gestritten. Doch diesmal war es vor der ganzen Klasse, inklusive Englischlehrer. Was musste er Ella und Alice auch in eine Gruppe stecken?, dachte Alice kopfschüttelnd. Wieder einmal war es eine Kleinigkeit, die zum Streit geführt hatte: Es war ein Wort, bei dem sie sich nicht einig waren, was es bedeutete. Sie hatten sich zehn Minuten lang im Flüsterton gezankt, bis Ella schließlich laut wurde und die ganze Klasse an dem Streit teilhaben ließ. Sie meinte, weil sie Engländerin war, hätte sie Recht und Kelly meinte ebenfalls, dass nur Ella Recht hatte, doch Alices Muttersprache war ebenfalls Englisch und auch sie meinte, dass sie Recht hatte. Und erst als der Englischlehrer einschritt und die beiden streitenden auseinanderbrachte, sagte er, dass beide Recht hätten und in diesem Fall sogar Alices Antwort richtig wäre. Ella war daraufhin den ganzen Tag angefressen und am Abend ließ sie ihren Ärger an ihrer Zahnbürste, die sie so fest gegen das Waschbecken schlug, dass sie entzweibrach, an ihren Schlafanzug (nun aber deshalb, weil sie ihre Zahnbürste kaputt gemacht hatte), in den sie ewig nicht reinkam und schließlich noch ihrem Kopfkissen, das sie gegen die Wand schlug, weil es zu hart war und dann sogar fast in

Tränen ausbrach. Kopfschüttelnd machte Alice sich fürs Bett fertig. Ella konnte manchmal echt merkwürdig sein.

Alice wartete, bis Ella eingeschlafen war, dann schlich sie sich aus dem Zimmer, den dunklen Gang im dritten Stock des Internats entlang und hinunter zur Fußballwiese, auf der nie Fußball gespielt wurde. Sie war deshalb auch schon lange nicht mehr gemäht worden, doch das störte Alice nicht. Sie kam jeden Abend hierher, um zu trainieren. Denn Alice hatte vor sechs Jahren Pfeil und Bogen für sich entdeckt und war nun schon so zielsicher, dass es eigentlich lächerlich war, dass sie noch übte, doch beim Training bekam sie den Kopf frei. Natürlich waren Waffen an der Schule nicht erlaubt, aber Alice kümmerte sich nicht um dieses Verbot.

Auch heute schlich sie sich wieder zu den Brombeersträuchern, dir dort wuchsen, wo eigentlich das Fußballtor stehen sollte, und holte ihren Bogen und den Köcher mit den Pfeilen aus dem linken Strauch. Aus dem rechten holte sie eine Zielscheibe. Dann fing sie an zu trainieren. Jeden Tag vergrößerte sie den Abstand zur Scheibe und heute war sie nun am anderen Ende der Wiese angekommen. Sie spannte ihren Pfeil ein, zielte – und stutzte. Alice ließ ihren Bogen sinken und guckte zum Schultor herüber. Sie könnte schwören dort gerade jemanden gesehen zu haben. Mit zusammengekniffenen Augen sah sie zum Tor, doch da war niemand mehr. Vielleicht war es doch Einbildung gewesen. Alice zuckte die Achseln und spannte erneut den Pfeil ein. Sie zielte und schoss den Pfeil ab. Er sauste auf die Zielscheibe zu und blieb federnd direkt in der Mitte der Scheibe stecken. Zufrieden holte Alice den Pfeil aus der Scheibe und schoss ihn noch einmal ab. Auch dieses Mal traf sie wieder genau in die Mitte. Während sie trainierte, dachte Alice immer über Dinge nach, die sie beschäftigten. Heute waren es, wie sonst auch immer, ihr Bruder und ihr Vater. Ihr Vater wäre sicher stolz auf ihre guten Noten gewesen. Er hätte es bestimmt toll gefunden, dass sie in Mathe gut war. Und Akaash wäre jetzt mit anderen Jungen zusammen auf dem Internat und hätte Freunde, mit denen er Streiche spielen könnte. Oder er könnte Fußball spielen. Wahrscheinlich wäre die Schule ihm nicht so wichtig, dachte Alice mit einem leichten Schmunzeln. Sie seufzte. Akaash hätte bestimmt viele Freunde gehabt. Er war schon immer offener auf Menschen zugegangen als sie.

Alice dachte auch über den idiotischen Streit mit Ella nach und über die Gestalt am Tor. Prompt blickte sie erneut dorthin. Und wollte ihren Augen nicht trauen: Da waren wieder diese Umrisse einer Person. Alice ging ganz langsam näher ran. Neben der Zielscheibe blieb sie stehen und schaute hinüber zum Tor. So weit sie es bei dieser Dunkelheit erkennen konnte war es ein Mann. Dieser schien Alice bemerkt zu haben, denn er drehte sich um und verschwand in der Dunkelheit.

Nachdenklich versteckte Alice die Zielscheibe, Pfeil und Bogen wieder in den Sträuchern und kehrte in ihr Zimmer zurück. Auf dem Weg dorthin schossen ihr immer die gleichen zwei Fragen durch den Kopf: Wer könnte diese Person sein und was wollte sie in der Schule? Alice versuchte, auf Personen zu kommen, die versuchen würden nachts in die Schule einzubrechen, weil es tagsüber nicht möglich war, aber ihr fiel niemand ein. Eltern durften jederzeit kommen und wer sollte sonst zu Besuch kommen wollen? Und vor allem: Wen würde die Schule nicht reinlassen wollen? Alice konnte sich beim besten Willen nicht vorstellen, wer das sein könnte.

Bei ihrem Zimmer angekommen öffnete sie so leise wie möglich Tür, schloss sie genauso leise wieder und schlich zu ihren Bett. Gerade, als sie nach ihrem Nachthemd greifen wollte, ging das Licht an. Geblendet hielt Alice sich die Hände vor die Augen.

„Wo kommst du her?", fragte Ella scharf. Alice musste ihre Augen erst einmal an die plötzliche Helligkeit gewöhnen und antwortete gereizt:

„Das geht dich nichts an." Ella runzelte die Stirn.

„Das stimmt. Mich geht es nichts an. Die Direktorin aber schon, denke ich. Ich denke, ich werde morgen Früh vor dem Unterricht zu ihr gehen und ihr sagen, dass du heimlich mit Waffen trainierst." Alice zuckte die Achseln.

„Wie du meinst", antwortete sie gleichgültig. Amrita wusste es sowieso schon. Alice hatte sich eine ordentliche Standpauke anhören müssen, als Amrita sie vor fünf Jahren das erste Mal erwischt hatte, doch als Alice sich nicht einmal davon abhalten ließ, dass ihr Sachen konfisziert wurden (Sie hatte Sie sich einfach wieder geholt) hatte die Direktorin es schließlich aufgegeben. Wahrscheinlich dachte sie Alice hätte es eh schon schwer genug wegen ihres Vaters und ihres Bruders und so war es auch, denn nur beim Trainieren bekam Alice den Kopf von anderen Dingen frei, doch sie wollte nicht dass Amrita aus Mitleid darüber hinwegsah oder weil Alice die Tochter der Königin und noch dazu ihrer besten Freundin war. Aber so war es nun einmal und Alice hatte sich damit abgefunden, dass sie von Amrita wie ein rohes Ei behandelt wurde und von ihr alles erlaubt kriegte, was für andere Schüler verboten war. Allerdings nutzte Alice das nicht aus, außer eben für ihre nächtlichen Trainingseinheiten.

Alice war es egal, ob sie morgen Früh Ärger bekommen würde, weil sie wusste, dass ihr eh nichts passieren würde und sie machte sich auch keine Gedanken darüber. Vielmehr ging ihr die Gestalt nicht aus dem Kopf, die sie gesehen hatte. Wer war das? Und was wollte er hier? Vielleicht eine Schülerin, die der Schule verwiesen wurde und jetzt Rache nehmen wollte? Aber Alice fiel keine ein, die jemals die Schule hatte verlassen müssen. Irgendwann fielen ihr dann die Augen zu. Sie würde sich morgen weiter damit beschäftigen, dachte sie noch, bevor sie das Reich der Träume betrat.

Der verletzte Tiger

Am nächsten Morgen musste Alice tatsächlich zur Direktorin.
Sie überlegte, ob sie von der Gestalt am Tor erzählen sollte, ließ
es aber dann. Wenn die Person noch einmal auftauchte, konnte
Alice es ja immer noch tun.

Amrita Shan erwartete sie bereits. Sie versuchte Alice streng
über den Rand ihrer viereckigen Brille anzusehen, doch es
gelang ihr nicht. Dafür war sie viel zu nett. Amrita war eine
kleine, rundliche Frau. Sie trug immer einen Sari (heute war er
pink) und hatte ihre langen schwarzen Haare stets zu einem
Zopf geflochten. Ihre Augen hatten einen warmen Braunton
und sie hatte stets ein Lächeln auf dem Gesicht. Schimpfen und
Strenge gehörten nicht zu ihren Stärken, doch sie versuchte es
trotzdem manchmal. Allerdings scheiterte sie jedes mal
kläglich, wenn man sie nur ein bisschen traurig ansah.

„Jetzt hat Ella Carson dich also erwischt", stellte sie
schmunzelnd fest. Alice zuckte die Achseln. „Na gut, dann
schreib bitte zwanzig mal ´Ich soll keine Regeln verletzen´ und
gib es mir morgen ab. Sonst bekomme ich Beschwerden von
Eltern, weil ich dich bevorzuge. So, und jetzt ab in den
Unterricht", fügte sie hinzu und deutete auf die Tür. Alice stand
auf und ging zur Tür. Zwanzig Mal, das war ein Witz. Da
könnte sie genauso gut auch gar keine Strafe bekommen.

Als Alice das Klassenzimmer betrat glotzte Ella sie ungläubig
an.

„Du bist ja noch hier", sagte sie, als könnte sie es nicht fassen.

Alice beschloss nicht zu antworten und ging zu ihrem Platz.

Heimlich holte sie ihr Smartphone aus ihrer Hosentasche und rief die Internetseite der einzigen Zeitung in Auria auf, die auch Nachrichten über Politik brachte. Das erste Bild zeigte eine große Demonstration direkt vor dem Palast. Die Bildunterschrift lautete:

„Immer mehr Demonstrationen gegen die Königin! Wird sie bald auf den Thron verzichten?"

Den Artikel dazu wollte Alice gar nicht lesen, ihr war bereits bei der Überschrift übel geworden. Wenn ihre Mutter wirklich auf den Thron verzichten würde, würde es ein Problem geben. Denn dann würden die mühsam erkämpften Rechte für die Frauen wieder verschwinden und es würden nur noch die Familien, die es sich leisten konnten ihre Töchter zur Schule schicken können. Die Hälfte aller Mädchen auf Alices Schule kam nicht aus der Stadt. Eine Welt würde für sie zusammenbrechen. Viele von ihnen träumten davon in einem anderen Land zu studieren, doch das wäre nicht möglich, wenn die Schule wieder etwas kosten würde. Wütend steckte Alice ihr Handy wieder weg. Sie hoffte inständig, dass ihre Mutter sich von den Demonstrationen nicht einschüchtern lassen würde. Nein, das würde sie nicht, dachte Alice. Sie ließ sich ja nicht einmal von Morddrohungen herunterziehen. Zumindest zeigte sie es nicht. Alice war sehr stolz auf sie, denn sie wusste, dass ihre Mutter immer noch sehr stark mit dem Tod ihres

Mannes und Sohnes zu kämpfen hatte und sich nicht einmal das anmerken ließ. Sie behielt stets ihre ruhige und selbstbewusste Haltung, egal wie schwer es ihr manchmal fiel. Alice könnte das nicht und es graute ihr schon davor, wenn sie einmal Königin war. Sie würde bestimmt täglich einen Wutausbruch haben. Sie würde alles den Bach heruntergehen lassen und sie würde bestimmt grottenschlecht darin sein, mit den Partnern des Landes Verträge und Händel abzuschließen. Schließlich wurde sie von der Mathelehrerin aus ihren Gedanken gerissen. Mathe und Physik waren Alices Lieblingsfächer, aber sie hasste Chemie und Englisch, was vor allem am Lehrer lag. Eigentlich war Alice nicht schlecht in Englisch, doch sie tat sich schwer mit den vielen Zeitformen. Eigentlich komisch, dachte Alice und musste unwillkürlich schmunzeln. Sie tat sich mit ihrer Muttersprache schwer.

„Ich wusste gar nicht, dass du die Vierstreckensätze so lustig findest, Aleika", sagte die Mathelehrerin, Madame Durand, und zog die Augenbrauen hoch. Alice hörte schlagartig auf zu lachen. Sie wurde nicht rot, doch es war ihr trotzdem ein wenig unangenehm, weil alle sie anstarrten.

„Madame, ich glaube Aleika lacht nicht über ihren Unterricht, sondern über die Strafe, die sie von der Direktorin bekommen hat", meldete sich Ella zu Wort. Alice hätte sie dafür erwürgen können, denn jetzt wurde sie noch mehr angestarrt.

„Strafe? Wofür denn?", fragte Madame Durand.

„Sie hat gestern Abend mit Pfeil und Bogen trainiert",
antwortete Ella sofort. Sie wollte es wohl unbedingt vor der
ganzen Klasse loswerden, damit Alice sich einmal richtig
blamierte, doch den Triumph wollte Alice ihr nicht gönnen.
Also setzte sie sich kerzengerade hin und setzte ein Grinsen
auf.

„Welche Strafe hast du noch einmal bekommen, Aleika?" Alice
hielt ihr Blatt hoch, auf das sie bereits die zwanzig Sätze
geschrieben hatte.

„Das ist alles?", rief Ella völlig entgeistert. Alice zuckte die
Achseln und schenkte ihr ein breites Grinsen. Madame Durand
räusperte sich.

„Nun, welche Strafen unsere Direktorin gibt entscheidet sie
selbst und es ist nichts, worüber wir uns in meinem Unterricht
Gedanken machen müssen. Kann ich jetzt fortfahren?", fügte
sie etwas genervt hinzu. Ella warf Alice einen vernichtenden
Blick zu, bevor sie sich wieder dem Unterricht zuwandte.

Bis zur Pause konnte Ella sich zurückhalten, doch dann kam sie
auf Alices Tisch zu.

„Du trainierst mit Waffen und musst nur zwanzig Sätze
schreiben?" Ella verschränkte die Arme vor der Brust. „Schon
ein bisschen komisch, oder?", fragte sie und drehte sich zu
ihren Freundinnen, die wie immer an ihrer Seite waren. Alice
packte in aller Seelenruhe ihr Butterbrot, das sie sich vom
Frühstück mitgenommen hatte, aus und begann zu essen.

24

„Ella, du weißt wie Miss Shan ist. Sie will sogar bei Bestrafungen nett sein", warf Kelly leise ein. Ella zog die Augenbrauen hoch.

„Aber Aleika hat mit Waffen trainiert. Sie könnte Menschen verletzen mit den Pfeilen!"

„Das würde ich nie machen", sagte Alice ruhig.

„Es muss ja nicht willentlich geschehen", entgegnete Ella hitzig. „Es könnte aus Versehen-"

„Ich verletze auch nicht aus Versehen Menschen", unterbrach Alice sie.

„Erstens: Ich verfehle nun schon seit sechs Jahren mein Ziel nie und zweitens: Ich trainiere genau deshalb nur abends: weil dann keiner außer mir mehr draußen ist und ich keinen außer meiner Zielscheibe treffen kann." Ella schnaubte. Inzwischen hatte sich die ganze Klasse hinter ihr versammelt.

„Es könnten auch abends noch Jogger außerhalb des Geländes unterwegs-"

„Ja, aber ich treffe keine Jogger außerhalb des Geländes, die Wahrscheinlichkeit ist wirklich gering."

„Aber sie besteht. Habe ich recht?" Sie blickte in die Runde und alle nickten. Alice verdrehte die Augen.

„Wer ist dafür, dass wir zur Schulleitung gehen und fordern, dass Aleika härter bestraft wird?" Fast alle hoben die Hand.

„Wer ist dafür, dass Aleika von der Schule fliegt?" Wieder hoben fast alle die Hand. Nur Kelly nicht. Alice stand auf. Wortlos packte sie ihre Tasche und stolzierte dann hoch erhobenen Hauptes aus dem Klassenzimmer. Sie war sowieso nicht erpicht darauf, jetzt Englisch zu haben. Die blöden Gruppenarbeiten konnte sie jetzt echt nicht gebrauchen. Nicht nachdem, was ihre Klasse gerade gebracht hatte. Ganz versunken in ihre Gedanken merkte sie gar nicht, wo sie hinlief. Erst, als sie sich mitten in einer Gruppe junger Sandelhozbäume wiederfand, sah sie auf. Sie war bei den Mülltonnen.

Wenn man aus dem Schulgebäude kam, befand man sich bereits direkt auf dem Pausenhof. Nach dem Pausenhof kam die Fußballwiese und gegenüber der Fußballwiese war das Internatsgebäude. Neben der Fußballwiese war der Lehrerparkplatz. Am Ende des Lehrerparkplatzes gab es eine Menge Gestrüpp und Sträucher. Dort standen auch die Mülltonnen, da der Parkplatz genau neben dem Küchentrakt des Internatsgebäudes war.

Alice war also einmal über das gesamte Gelände gelaufen und hatte nicht gemerkt, dass Seufzend kämpfte sie sich wieder aus dem Gestrüpp heraus und ließ sich dann ins viel zu trockene Gras fallen. War sie wirklich so unbeliebt? War sie wirklich so schlimm? In solchen Momenten wünschte Alice sich, ihre Mum wäre bei ihr und würde sie trösten. Denn obwohl sie ihre Mum so selten sah, war die Bindung zu ihr sehr stark. Ihre Mum hätte jetzt sicher die richtigen Worte gehabt, damit es Alice wieder besser ging…

Ein klägliches Maunzen riss sie aus ihren Gedanken. In dem Strauch, in dem sie eben noch gestanden hatte, bewegte sich etwas. Alice ging näher heran und erstarrte: Dort saß ein Kätzchen. Doch es war nicht irgendein Kätzchen, sondern ein kleiner Tiger. Der Tiger schien sich in dem Strauch verfangen zu haben und war auch verletzt. An einer Pfote blutete er stark und auf dem Rücken hatte er ebenfalls blutende Kratzer. Vorsichtig ging Alice näher ran. Das kleine Tier wich ängstlich zurück und verfing sich dabei nur noch mehr.

„Keine Angst", murmelte Alice und begann beruhigend auf das Kätzchen einzureden, während sie die Zweige auseinander bog, um das Tierchen zu befreien. Das Kleine zitterte, bewegte sich aber nicht mehr, sondern starrte Alice bloß aus großen goldenen Augen an. Alice erkannte, dass der Tiger schon ein größeres Baby war und wahrscheinlich nicht Gefahr lief, dass die Mutter ihn verstieß, sollte Alice ihn anfassen. Sicher war sie sich aber nicht. Also machte sie dem Tiger einen Durchgang frei, sodass er selbst herauskriechen konnte. Doch er bewegte sich immer noch nicht. Alice seufzte und versuchte dem Kleinen klar zu machen, dass es nun frei war, aber das Tigerchen bewegte sich keinen Millimeter von der Stelle.

Stirnrunzelnd schaute Alice es an. Sie war keine Tierexpertin, doch dass der Tiger sich tiefe Wunden zugezogen hatte, sah sie. Und die konnten unmöglich von dem Strauch kommen. Sie sahen eher danach aus, als wäre die kleine Raubkatze in eine Falle geraten und hätte sich daraus befreit. Doch wo war dann die Mutter? So verletzt war die Katze sicher nicht besonders weit gekommen. Alice überlegte. Konnte sie es verantworten den Tiger hierzulassen und sich auf die Suche nach seiner Mutter machen? Nein, konnte sie nicht. Wenn das verletzte Tier gefunden wurde, würde man es sofort töten, das wusste Alice. In Auria wurde das Leben von wehrlosen Wildtierkindern beendet, weil sie sowieso keine Chance hätten alleine zu überleben. Aber dass das mit der kleinen Katze zu ihren Füßen passierte, wollte Alice nicht. Kurz entschlossen hob sie das zitternde Tier hoch und verließ mit ihm das Schulgelände. Das war allerdings gar nicht so leicht, denn selbst wenn es ein noch nicht ausgewachsener Tiger war, war er schon ziemlich schwer. Alice überlegte. Was wollte eine Tigerin mit Jungem in der Nähe von Menschen? Die Schule lag zwar etwas außerhalb der Stadt, doch bis zum Wald beim Berg war es doch ein beträchtliches Stück. Waren die beiden etwa auf Nahrungssuche gewesen? Immerhin liefen Affen überall im Land frei herum, auch in der Stadt. In Gedanken versunken merkte Alice zunächst nicht, dass das Tigerbaby auf ihrem Arm zu zappeln begonnen hatte. Erst als es ihr einen Schlag mit seiner noch nicht besonders großen Pranke versetzte, sah Alice auf. Die kleine Katze zappelte so stark, dass sie Alice fast vom Arm fiel. Also setzte Alice sie ab. Der Tiger lief sofort los und Alice folgte ihm. Und was sie sah brach ihr fast das Herz. Das Kätzchen hatte eine Wildererfalle gefunden, in die seine Mutter wohl getreten war. Nur war nichts außer einem großen roten

Fleck neben der Falle mehr übrig. Das Jungtier sah verwirrt und traurig aus und legte sich neben die Falle, als hoffte es seine Mutter würde so wieder zurückkommen. Alice kamen die Tränen. Sie wusste wie sich der kleine Tiger jetzt fühlen musste. Einen Elternteil zu verlieren war schrecklich. Der Tiger sah zu ihr auf. Alice kniete sich neben ihn, rührte ihn aber nicht an und sagte auch nichts. Denn Umarmungen und tröstende Worte hatten ihr damals auch nicht geholfen. Und dem Tiger würde es jetzt auch nicht helfen. Und als wüsste der Tiger was Alice gerade dachte, hob er den Kopf. Alice war schon immer überzeugt gewesen, dass Tiere Gefühle von Menschen wahrnehmen konnten und der Tiger vor ihr schien gerade genau zu merken, was Alice fühlte. Alice konnte nicht genau sagen, wie, aber sie merkte, dass der Tiger die Verbindung zwischen ihnen erkannt hatte. Sie hatte die Bücher und Filme, in denen ein Mensch und ein Tier eine ganz besondere Verbindung zueinander hatten, immer schon albern gefunden, aber jetzt hatte sie genau so eine zu einem kleinen Tiger.

Sie beschloss, dass sie nun die neue Mutter des Kleinen sein würde. Vorsichtig hob sie das Jungtier auf und stellte fest, dass es sich hierbei um ein Weibchen handelte. Die Kleine wehrte sich dieses Mal erheblich weniger. Alice brachte sie zurück zur Schule. Per SMS verständigte sie ihre Mutter über ihren schrecklichen Fund, damit sie sich um die Wilderer kümmerte, dann suchte sie ein schattiges Versteck für die kleine Tigerin, das schön schattig war und nicht pikste. Als sie eines gefunden hatte (die Sandelholzbäumchen in die sie gelaufen war) schlich sie sich ins Schulhaus zurück zum Krankenzimmer. Dort war zum Glück gerade niemand und so konnte Alice in aller Seelenruhe das nehmen, was sie brauchte.

Mit Verbänden, Pflastern und Desinfektionsmittel kehrte sie zu der verletzen Tigerin zurück, um sich um ihre Wunden zu kümmern. Die Kleine zuckte nicht einmal zusammen und ließ alles über sich ergehen, sogar, als Alice ihre Wunden mit Jod reinigte. Als Alice alle Wunden gereinigt und verbunden hatte betrachtete sie zufrieden ihr Werk. Die blutende Pfote hatte sie sogar dreifach verbunden und die Kratzer am Rücken hatte sie mit einer kühlenden Salbe behandelt. Und den kleinen Riss am linken Ohr hatte sie desinfiziert. Allerdings war ihr kleiner Schützling immer noch traurig und beachtete Alice kaum mehr. Alice beschloss ihr etwas zu fressen zu holen.

Sich in die Küche zu schleichen war nicht so einfach wie sie gedacht hatte. Die Köchin scheuchte ihre Küchenhelferinnen so herum, dass Alice es fast unmöglich war an das rohe Fleisch neben dem Herd ran zukommen. Doch als die Köchin und ihre Helferinnen abgelenkt waren, weil eine von ihnen einen Stapel Teller hatte fallen lassen, ergriff Alice ihre Chance und schnappte sich blitzschnell die Schale mit dem rohen Rindfleisch. Leise stahl sie sich wieder aus der Küche und rannte zurück zum Versteck. Doch wie sich schnell herausstellte war die junge Raubkatze zu traurig, um fressen zu wollen. Alice versuchte es mit gutem Zureden, doch es half nichts. Alice seufzte und ließ die Schale stehen. Vielleicht kam der Hunger ja noch. Was sie bei dieser Hitze noch mehr brauchte, war Wasser. Alice schlich sich erneut in die Küche und holte eine Schale, die sie in der Toilette auffüllte.

Die Tigerin trank das Wasser zu Alices großer Erleichterung und war dann offensichtlich müde, denn sie rollte sich auf die Seite, schloss die Augen und begann zu schlafen. Leise entfernte Alice sich und kehrte in ihr Zimmer zurück. Sie wusste, dass sie Ärger bekommen würde, weil sie einfach geschwänzt hatte, doch es war ihr egal. Und es war ihr auch egal was ihre Klasse von ihr dachte, denn die wussten überhaupt nichts über sie und hatten daher nicht das Recht über sie zu urteilen.

Prinz Ajeets treuester Anhänger

Am nächsten Morgen ging Alice auch nicht zum Unterricht, um sich um ihre Tigerin zu kümmern, denn die wollte immer noch nicht so recht fressen und das beunruhigte Alice stark.

Dass sie nicht im Unterricht erschien gefiel den Lehrern natürlich nicht, doch auch Nachsitzen und Strafarbeiten hielten Alice nicht vom Schwänzen ab. Und da die Lehrer ihr Versteck nicht kannten, war das Schwänzen, um der kleinen Raubkatze zu helfen, äußerst erfolgreich. Alices neue Freundin versuchte nicht die Verbände abzumachen und ließ es über sich ergehen, wenn Alice die Verbände wechselte und die Wunden versorgte.

„Alice, sag mir bitte die Wahrheit", bat Amrita sie, als Alice nach zwei Wochen immer noch nicht zum Unterricht ging.

„Warum schwänzt du?" Alice schweig. Amrita seufzte.

„Wir wissen wirklich nicht wie wir dich noch bestrafen sollen, damit du mit dem Schwänzen aufhörst. Schwänzt du wegen deiner Klasse? Wegen Ella? Mobbt sie dich?"

„Was? Nein, natürlich nicht", rief Alice.

„Du wirst also nicht gemobbt?"

„Nein."

„Dann sehe ich keinen Grund warum du nicht zum Unterricht erscheinen solltest." Ich schon, wollte Alice sagen, doch das konnte sie selbstverständlich nicht. Also schwieg sie weiterhin. Amrita seufzte erneut.

„Alice, bitte rede mit mir. Vielleicht kann ich dir ja helfen-"
Alice stand wortlos auf und ging. Sie wusste wie Amritas Hilfe
aussehen würde, wenn sie ihr erzählte, dass sie sich um einen
verletzten Tiger kümmerte: Amrita würde sofort Alices Mutter
Bescheid geben und Alice würde sich erst einmal eine
Standpauke anhören dürfen.

„Das ist ein Wildtier, Alice, kein Schmusekätzchen", würde ihre
Mutter sagen. Und dann würden sie das unschuldige Tier
erschießen. Aber das würde Alice nicht zulassen.

„Die sollen sich erst mal in ihre Nähe trauen", sagte Alice
grimmig, während sie zu ihrem Zimmer lief. Ella war ebenfalls
gerade dort und May und Kelly waren bei ihr.

„Na super", murmelte Alice und setzte sich auf ihr Bett. Sie
nahm ihr Handy und ging ins Internet. Das erste, was ihr auf
der Startseite sofort ins Auge sprang, war ein Foto. Es zeigte
einen jungen Mann. Er hatte ein eingefallenes Gesicht und
dichte schwarze Augenbrauen, unter denen sturmgraue Augen
hervorstachen. Seine große Hakennase ließ ihn ein wenig wie
einen Geier aussehen und seine schmalen Lippen hatte er
aufeinander gepresst. Insgesamt wirkte er wirklich
unsympathisch. Die Unterschrift zu dem Foto lautete:
Treuester Anhänger des Adlers aus dem Gefängnis
entflohen? Ist eine Rückkehr des Adlers möglich?
Neugierig begann Alice den Artikel darunter zu lesen.

Alok Kumar war und ist immer noch der treueste Anhänger des
„Adlers", wie Prinz Ajeet sich aufgrund seines Haustiers

nannte. Denn dieses ist ein Raubadler, den er sogar mit ins Exil nahm. Der Prinz tötete vor zehn Jahren seinen eigenen Bruder mitten im Thronsaal des Schlosses, in dem er aufgewachsen war. Lange war nicht klar wie er überhaupt ins Schloss gelangen konnte, bis man sechs Monate nach seiner Tat, als er schon längst in Bangladesch im Exil war, seinen treuesten Anhänger und besten Freund, Alok Kumar fasste. Dieser gestand stolz, er habe seinem Prinzen den Zutritt zum Schloss ermöglicht, indem er eine spezielle Software installierte, mit der man elektrische Zahlencodes entschlüsseln kann.

Kumar bekam lebenslange Haft für Beihilfe zum Mord, doch vor einigen Tagen konnten er und viele andere Sträflinge aus der Haftanstalt entfliehen, indem Kumar den Strom in der gesamten Anstalt ausschaltete und somit auch der, der die Zellentüren verschloss. Kumar hat es geschafft, einer Wache die Waffe abzunehmen und gilt als äußerst gefährlich. Vor allem, da er keinerlei Erfahrungen mit dem Gebrauch von Schusswaffen hat. Die Polizei ist dankbar für jeden Hinweis...

Alice ließ das Handy fallen. Das waren keine guten Nachrichten. Sie stand auf und hob ihr Handy wieder auf.

„Handys sind hier nicht erlaubt", sagte Ella und deutete anklagend auf das Smartphone in Alices Hand. Alice verdrehte die Augen und steckte das Handy ein.

„Das werde ich der Direktorin-"

„Keiner mag Petzen, Ella", unterbrach Alice sie scharf. „Aber weißt du was: Ich hatte sowieso vorgehabt zu ihr zu gehen und jetzt kümmere dich doch endlich mal um deinen eigenen Kram, als mir andauernd auf die Nerven zu gehen." Sie warf Ella noch einen verächtlichen Blick zu und verließ dann das Zimmer.

Tatsächlich hatte sie vor, nochmal zu Amrita zu gehen, doch als sie das Büro betrat, war gerade jemand da. Amrita unterhielt sich gerade mit Madame Durand.

„Ja, vollkommen deiner Meinung, Clarisse, ich werde mit Ihr reden – oh, da ist sie ja!" Amrita blickte Alice an.

„Aleika, was tust du schon wieder hier?", fragte sie lächelnd.

Alice sah zu Madame Durand. Diese setzte einen verständnisvollen Blick auf und verzog sich. Als sie die Tür hinter sich geschlossen und Alice sich hingesetzt hatte, lächelte Amrita ihr freundlich zu.

„Also Alice, worum geht's?", wollte sie wissen. Alice seufzte und zeigte ihr den Artikel. Amrita nickte ernst.

„Das weiß ich schon und es beunruhigt mich genauso wie dich. Ich glaube leider auch schon zu ahnen, was er vorhaben könnte…"

„Ja, was denn?", wollte Alice neugierig wissen.

„Nun, er ist ein treuer Anhänger deines Onkels und dem sind nur noch zwei Personen ein Dorn im Auge-"

„Sie meinen, er will Mum und mich umbringen?!", rief Alice und starrte Amrita entgeistert an. Diese seufzte und nickte.

„Ich fürchte ja", sagte sie.

Alice schluckte. Vielleicht sollte sie Amrita jetzt von der Gestalt erzählen, die sie vor kurzem am Schultor gesehen hatte. Sie holte tief Luft.

„Amrita?", begann sie.

„Ja?"

„Ich habe jemanden gesehen. Am Schultor. Es war nur ganz kurz, deshalb war ich mir nicht sicher. Aber jetzt… Meinst du, das war Kumar?" Amrita runzelte sorgenvoll die Stirn.

„Das könnte sein. Und deshalb habe ich jetzt nur eine einzige Bitte an dich: Bitte unternimm nichts, was dich in Gefahr bringen oder verraten könnte, denn dann wird es ein Leichtes sein, dich zu töten."

„Das heißt, ich soll einfach herumsitzen und Däumchen drehen, bis er wieder hinter Gitter sitzt?" Amrita nickte. Alice seufzte. Sie hasste es, nichts tun zu können. Und natürlich machte sie sich Sorgen um ihre Mum.

Als Alice wieder in ihr Zimmer kam waren May und Kelly immer noch da. Ella blätterte gerade eine Modezeitschrift durch, May las in einem Buch und Kelly zog sich die Augenbrauen nach. Kopfschüttelnd setzte Alice sich aufs Bett und begann eine von Ellas komischen Zeitschriften durchzublättern. Auf einer Doppelseite waren zwei Anleitungen. Neugierig begann Alice, sie sich durchzulesen. Es waren Anleitungen, wie man sich ein Kleid nähen konnte, das genauso aussah wie das Kleid der Königin oder ein Kleid der

Prinzessin. Als Alice das Foto sah konnte sie sich ein lautes Schnauben nicht verkneifen. Auf dem Foto war das Brautkleid ihrer Mutter abgebildet und das Kleid auf der anderen Seite hatte Alice nur ein einziges Mal in ihrem Leben angehabt und das war auf der Beerdigung ihres Vaters gewesen. Aus diesem Grund war es auch schwarz.

„Ey, das ist meine Zeitschrift", rief Ella empört und riss sie Alice aus der Hand.

„So was liest du?", fragte Alice und zog spöttisch die Augenbrauen hoch.

„Ja, Problem damit?", fauchte Ella.

„Nö", antwortete Alice und grinste. „Ich halte nur nicht viel von der Glaubwürdigkeit dieser Zeitschriften." Ella schnaubte. „Als ob du jemals in deinem Leben so ein schönes Kleid getragen hättest", höhnte sie. Alice zuckte die Achseln. Das Kleid war das ungemütlichste, das sie je getragen hatte, doch das konnte sie Ella leider schlecht auf die Nase binden, also sagte sie einfach:

„Ich trage nicht gerne Kleider, also ist es mir ziemlich egal wie schön oder teuer dieses Kleid ist, denn ich würde es nie im Leben anziehen." Und das stimmte. Denn nie wieder würde sie sich freiwillig nochmal in dieses Kleid zwängen. Ella murmelte etwas, dass wie „Keine Ahnung" und „gar nicht verdient" klang. Alice verdrehte erneut die Augen und nahm sich ihren Block und einen Stift und begann zu zeichnen. Sie war nicht besonders begabt im Zeichnen, doch die Zeichnung von Alok

Kumar gelang ihr erstaunlich gut. Grimmig verzierte Alice die Zeichnung mit Totenköpfen und verpasste dem Gesicht des treuesten Anhängers ihres Onkel Ajeet blutende Kratzer und fiese Eiterbeulen, blaue Flecken und ekelhafte Pickel. Ja, das wünschte sie diesem miesen Geiergesicht. Doch noch größeren Hass verspürte sie auf ihren Onkel selbst und so zeichnete sie auch ihn und ließ ihn an viel schlimmeren Verletzungen leiden. Kelly sah Alice neugierig zu.

„Die hast du aber sehr gut getroffen", sagte sie und lächelte.

Alice schnaubte. Wenn Kelly wüsste, dass Ajeet noch viel böser gucken konnte, dann hätte sie wahrscheinlich über die Zeichnung gelacht.

„Nein, wirklich", beteuerte Kelly, als sie Alices ungläubiges Gesicht sah.

„Findest du nicht auch, May?", fragte sie und riss Alice die Zeichnung ihres Onkel aus der Hand, um sie May zu zeigen.

May betrachtete das Blatt stirnrunzelnd.

„Du musst den Prinzen ja sehr hassen, Aleika, wenn du ihm so fiese Verletzungen wünschst."

„Also ich finde es gerade mit diesen Verzierungen gut", meinte Kelly. „Ist doch mal was anderes."

„Kannst sie gerne haben, wenn du sie so toll findest", sagte Alice achselzuckend. Begeistert nahm Kelly die Zeichnung an sich und verließ damit das Zimmer. May folgte ihr und vergaß dabei ihr Buch. Ella sprang auf und lief ihren Freundinnen hinterher, um May das Buch zu bringen. Alice nutzte die

Gelegenheit und schlich sich raus. Es war schon dunkel und so sah sie keiner, als sie zu den Mülltonen im Hinterhof schlich, um ihre kleine Freundin zu besuchen. Die Katze hatte sich inzwischen schon gut von ihren Verletzungen erholt. Gerade wühlte sie in einer der Mülltonnen, als Alice kam. Alice hob sie kopfschüttelnd heraus und setzte sie wieder unter die Sandelholzbäumchen. Dann hielt sie dem Kätzchen ein großes Stück Fleisch hin, das sie heute Mittag in der Küche geklaut hatte. Das kleine Raubtier verschlang das Fleisch in einem Happen, war dann aber satt und legte sich in den Schatten der Palme, um zu dösen. Wenigstens darüber musste sie sich keine Sorgen mehr machen, dachte Alice, während sie ihren Schützling zwischen den Ohren kraulte. Würde Alok Kumar sie finden können unter all den Mädchen hier? Wusste er überhaupt, dass sie hier war oder vermutete er es zumindest? Wenn ja, wie würde er herausfinden unter welchem Namen Alice hier war? War er genauso kalt wie Ajeet und würde vielleicht sogar über Leichen gehen auf der Suche nach Ihr? Oder würde sogar Ajeet höchstpersönlich nach ihr suchen? Alice schüttelte sich. Das mochte sie sich gar nicht ausmalen. Auf dem Rückweg zum Schulgebäude zog es Alice zu dem Versteck, in dem ihr Bogen und die Pfeile lagen. Sie stellte die Zielscheibe auf und vergrößerte den Abstand erneut. Nun stand sie an der Wand des Schulgebäudes. Weiter ging es nicht. Alice spannte den Bogen an und zielte, dann schoss sie den Pfeil ab. Der Pfeil ging nicht direkt in die Mitte, sondern nur knapp daneben. Auch beim nächsten und übernächsten Versuch klappte es nicht. Alice versuchte es ein letztes Mal, doch es klappte wieder nicht. Frustriert packte Alice zusammen und versteckte die Sachen wieder in dem Versteck, das, nun, da Ella sie verpetzt und sie es den Lehrern gezeigt hatte, keins mehr war.

Alice wollte sich gerade auf den Rückweg machen, da nahm sie aus dem Augenwinkel eine Bewegung war. Sie fuhr herum und erstarrte: Der Mann von Letztens war wieder da. Und diesmal hatte er eine Taschenlampe dabei, mit der er über das Schulgelände leuchtete. Alice ging hinter einem Strauch in Deckung und zückte ihr Handy. Der Mann beleuchtete mit seiner Taschenlampe auch sich selbst und so konnte Alice sein Gesicht sehen. Es erinnerte ein wenig an einen Geier, doch man sah Alok Kumar an, dass er im Gefängnis älter geworden war. Er hatte Falten bekommen und tiefe Ringe unter den Augen. Seine Haare hingen ihm in fettigen Strähnen ins Gesicht. Außerdem war er abgemagert, bestand eigentlich nur noch aus Haut und Knochen. Seine grauen Augen waren noch stechender geworden und am Körper trug er nichts weiter als sein Häftlingshemd und eine zerrissene Hose. Alice wagte es nicht zu atmen und beobachtete Kumar. Am liebsten würde sie sich einfach auf ihn stürzen und ihm so viel Schmerz wie möglich zufügen, doch er hatte eine Waffe und sie nicht. Obwohl, nein, das stimmte nicht. Alice hatte noch ihren Bogen. Leise schlich sie zu dem Versteck und zog ihren Bogen und die Pfeile daraus hervor. Schnell informierte sie ihre Mutter darüber, wo Kumar gerade war und schlich sich dann zurück zum Tor.

Kumar war immer noch da und fummelte an dem Schloss des Tors herum. Alice überlegte. Sie könnte einfach abwarten, bis die Polizei eintraf und Kumar festnahm, doch vielleicht verzog er sich vorher wieder.

Kumar schien die Geduld mit dem Schloss verloren zu haben. Er zog seine Waffe und schoss das Vorhängeschloss einfach kaputt. Alice zuckte zusammen. Den Schuss hatten bestimmt alle gehört. Sie wich zurück, doch es war zu spät. Kumar hatte sie bereits bemerkt. Er richtete seine Waffe auf sie und zischte: „Keine Bewegung, Mädchen."

Die Rückkehr des Adlers

Alice wagte es nicht sich zu bewegen. Stocksteif stand sie da und starrte Alok Kumar an. Der entflohene Häftling kam drohend auf sie zu. Alice traute sich nicht zurückzuweichen. Womöglich würde Kumar dann schießen. Alice überlegte. Was wusste sie über Kumar, was sie möglicherweise gegen ihn nutzen konnte? Welcher Schwächen hatte er? Er war sehr intelligent, wie Alice wusste und ein, zugegebenermaßen, sehr guter Hacker. Außerdem war er Ajeet treu ergeben. Aber war das wirklich alles, was sie über ihn wusste? Fieberhaft überlegte Alice weiter. Hatte ihre Mum einmal über ihn gesprochen? Was hatte ihr Dad ihr erzählt? Sie blickte auf die Waffe in Kumars Hand. Und plötzlich fiel es ihr ein. Ihr Dad hatte mal von Kumar gesprochen. Er hatte sich darüber lustig gemacht, dass Ajeet ihm die Führung der Armee zugeteilt hatte, wo Kumar doch nicht einmal wusste, was bei einer Waffe vorne war und was hinten. Kumar hatte noch nie eine Waffe in der Hand gehabt. Das hatte Alice vor kurzem doch auch in der Zeitung gelesen! Und Alice glaubte nicht, dass Kumar in der kurzen Zeit ein zielsicherer Schütze geworden war. Ganz im Gegensatz zu ihr.

Entschlossen griff Alice nach ihrem Bogen, wobei sie Kumar nicht aus den Augen ließ. Kumar sah gerade nicht zu ihr, weil er hoch zu den Fenstern der Internatsschule sah, aus denen neugierig mehrere Schüler herunterblickten, und hatte es nicht bemerkt. Blitzschnell nahm Alice einen Pfeil aus dem Köcher, spannte ihn ein und zielte auf Kumars Hand, in der er die Pistole hielt. Sie atmete tief durch und spannte den Pfeil bis zum Anschlag. Kumar sah wieder zu Alice. Als er bemerkte, dass sie auf ihn zielte, weiteten sich seine Augen. Doch er reagierte zu spät. Alice hatte den Pfeil bereits abgeschossen. Und der Pfeil verfehlte sein Ziel nicht. Kumars Waffe wurde ihm aus der Hand geschlagen und blieb mitsamt dem Pfeil auf dem Boden liegen. Sofort spannte Alice den nächsten Pfeil ein. Kumar funkelte Alice zornig an.

„Wie kannst du es wagen, du-"

„Die Polizei ist schon unterwegs- keine Bewegung", fügte Alice scharf hinzu, als Kumar zum Tor hechten wollte und zielte direkt auf seine Brust.

„Ich mache Ernst, wenn sie jetzt fliehen wollen", zischte sie leise und drohend. Alice wusste nicht, was Kumar dazu brachte, dass er sich die Idee der Flucht noch einmal zu überlegen schien, der kalte Hass, der in ihrer Stimme mitschwang, Feigheit oder der Pfeil, den sie direkt auf seine Brust gerichtet hielt; jedenfalls hielt Kumar still, doch seine Augen huschten immer wieder zu seiner Pistole herüber.

„Warum sind sie heute Nach hierhergekommen?", fragte Alice und ging langsam, den Bogen mit dem Pfeil immer noch auf Kumar gerichtet, zu der Pistole und hob sie auf und steckte sie in ihren Gürtel. Kumar schien nun endgültig aufgegeben zu haben. Er stieß einen tiefen Seufzer aus und ließ sich auf seinen

Hosenboden fallen. Dann vergrub er sein Gesicht in den Händen und begann zusammenhangslose Dinge zu murmeln.

„Ich habe Sie etwas gefragt", sagte Alice mit schneidender Stimme und ging bedrohlich näher. Kumar wimmerte und begann sich vor und zurück zu wiegen.

„ANTWORTEN SIE", brüllte Alice zornig.

„I-ich ha-habe Gerüchte gehört, dass- oh könntest du nicht bitte endlich die Waffe herunternehmen, das macht mich nervös." Flehend blickte Kumar Alice an. Sie schnaubte.

„Das hätten Sie wohl gerne", erwiderte sie und blickte ihn verächtlich an. „Und jetzt reden Sie endlich!" Kumar seufzte.

„Es kursierten Gerüchte, dass die Prinzessin hier zur Schule gehen soll und ich dachte, dass mein Prinz sicher begeistert wäre, wenn ich das Mädchen für ihn erledigen würde." Alice zog die Augenbrauen zusammen.

„Das dachte ich mir bereits", murmelte sie. „Tja, leider wird daraus nichts mehr, denn sie werden unverzüglich in den Knast zurückkehren." Kumar stöhnte leise auf und klemmte sein Gesicht zwischen seine Knie. Immer noch wiegte er vor und zurück und hatte wieder begonnen diese zusammenhangslosen Dinge zu murmeln. Alice richtete sicherheitshalber weiterhin ihren Bogen mit dem Pfeil auf ihn, bis die Polizei eintraf und ihn festnahm. Die Pistole übergab Alice den Polizisten sogar noch bevor sie Kumar die Handschellen anlegten. Etwas, das er angefasst hatte, wollte sie gar nicht behalten.

Nachdem sie ihre Zeugenaussage gemacht hatte, ging Alice zurück in Ihr Zimmer. Ella erwartete sie bereits.

„Du hast also diesen Verbrecher geschnappt", stellte sie fest und musterte Alice, als könnte sie nicht glauben, dass Alice zu so etwas fähig wäre. Wahrscheinlich glaubte sie es immer noch nicht. Alice konnte sich nur mit Mühe ein Grinsen verkneifen. Ella trug einen rosafarbenen Pyjama, auf dem weiße Häschen aufgedruckt und der ihr fast zwei Nummern zu klein war. Ihre Füße steckten in weißen Plüschpantoffeln, die Häschenohren, riesige blaue Glupschaugen und ein kleines Hasennäschen hatten. Und Alice stellte sich sofort vor, dass Ella zum nächsten Fasching als riesiger weißer Hase mit niedlichen blauen Klubschaugen kommen und die ganze Zeit an einer großen gelben Rübe knabbern würde. Deshalb fiel es Alice auch nicht gerade leicht eine bissige Antwort zu geben.

„Ja, stell dir vor", sagte sie schließlich. „Mein Bogen war wohl doch zu etwas gut." Ella schnaubte und kletterte in ihr Bett.

„Was wollte der Typ denn überhaupt hier?", fragte sie.

„Er war auf der Suche nach der Prinzessin", antwortete Alice und gähnte. Das kleine Abenteuer hatte sie sehr müde gemacht. Sie achtete nicht auf Ellas Fragen („Die Prinzessin geht hier zur Schule?!" und „Hat er sie denn gefunden?" „Nein, sonst wäre hier mehr los gewesen, oder?") und legte sich ebenfalls schlafen.

„Jetzt sag schon", bettelte Ella. „Weiß man unter welchem Namen die Prinzessin hier angemeldet ist?"

„Jedenfalls nicht unter ihrem echten", gab Alice zurück und drehte sich auf die Seite. Ella versuchte es noch ein paar Mal, gab dann aber auf, als Alice nicht mehr antwortete.

Die Rückkehr des Adlers

Am nächsten Morgen bereute Alice es sofort, dass sie wieder zum Unterricht erschien. Sie wurde von allen Seiten belagert, sobald sie das Klassenzimmer betreten hatte.

„Ella sagte, du wüsstest, dass die Prinzessin hier zur Schule geht", sagte eine Mitschülerin aufgeregt.

„Und sie hat gesagt, dass du weißt, unter welchem Namen", fügte eine andere eifrig hinzu.

„Nein, weiß ich nicht", gab Alice zurück und schob sich durch die Traube hindurch, die den Gang zu ihrem Platz versperrte.

Ella, Kelly und May standen etwas abseits und beobachteten die Szene mit großem Missfallen.

„Also ich habe schon eine Idee, wer es sein könnte", sagte eine Mitschülerin eifrig und folgte Alice zu ihrem Platz.

„Ach ja?", entgegnete Alice mit einem leichten Anflug von Panik. Das Mädchen nickte und verkündete:

„Camilla Stunton, aus der Parallelklasse. Sie verhält sich immer so, als hätte sie etwas zu verbergen und führt sich gleichzeitig so auf, als wäre sie die Königin höchstpersönlich. Ständig will sie von ihren Anhängseln Alaka und Roana bedient werden. Das ist doch wirklich auffällig, oder? Und wahrscheinlich führt sie sich so auf, weil sie es von zu Hause so gewohnt ist."

„Mhm", brummte Alice. Ihr ging die ganze Aufmerksamkeit, die ihre Mitschüler ihr plötzlich schenkten, schon jetzt auf die Nerven.

Doch leider ließen ihre Klassenkameradinnen nicht so schnell locker. Alice war von nun an stets von mindestens vier Mädchen umgeben, die in den Pausen jede Schülerin kritisch musterten und dann miteinander berieten welches Mädchen sich auffällig verhielt. Alice hatten sie die Liste aller derer gegeben, die sich anders verhielten als die anderen. Und schon nach einer Woche standen über zwanzig Mädchen auf der Liste.

Am Abend rief Alice ihre Mum an. Eigentlich sollte sie das nur im Notfall, aber sie wusste einfach nicht mehr weiter und machte sich ernsthaft Sorgen, dass ihre Identität aufgedeckt werden könnte. Ihre Mum ging erst nach dem vierten Klingeln dran.

„Ja, Honey, was gibt's?", meldete sie sich. Alice fand es immer wieder bemerkenswert, wie ihre Mum immer freundlich klingen konnte. Sie erzählte ihr, in welcher Situation sie sich gerade befand, merkte dann jedoch wie irrelevant und kindisch das klang im Gegensatz dazu, was ihre Mum gerade beschäftigte. Trotzdem hörte diese geduldig zu.

„Sweetheart, sag den Mädchen doch, dass es dich eigentlich nicht interessiert, wer die Prinzessin ist oder dass du lieber in Ruhe gelassen willst. Aber bleib freundlich, ja?"

„Klar. Danke Mum. Und wie geht es dir? Was ist mit Kumar? Besteht die Gefahr, dass er Ajeet ins Land bringen könnte?"

Ihre Mum seufzte.

„Ich weiß es nicht, Sweetie. Aber mach dir keine Sorgen, Kumar ist wieder im Gefängnis und gut bewacht. Leider

werden Ajeets Anhänger schwer wieder einzufangen sein…
Doch das sollte dich nicht beschäftigen, wirklich nicht. Geh
jetzt schlafen, es ist schon spät. Und mach dir heute keine
Gedanken mehr, ja? Schlaf gut", wünschte sie und unterstrich
es mit einem Schmatzer in den Hörer.

„Gute Nacht. Ich hab dich lieb Mum", entgegnete Alice. Sie
erwiderte den Schmatzer und legte dann auf. Bevor sie
einschlief beschloss sie noch, den Rat ihrer Mum schon am
nächsten Tag zu befolgen.

„Hört mal", sagte Alice in der nächsten Pause, als die vier
Mädchen, die sich selbst zu ihren Freundinnen ernannt hatten,
ihr drei weitere „Verdächtige" nannten.

„Es ist ja wirklich ganz unterhaltsam, dass ihr euch Gedanken
macht, wer es sein könnte, doch ehrlich gesagt will ich das
überhaupt nicht wissen. Tut mir leid, aber ich will eigentlich
einfach nur meine Ruhe haben, versteht ihr?" Die vier Mädchen
steckten die Köpfe zusammen und funkelten Alice dann zornig
an.

„Weißt du", sagte eine von ihnen (Alice wusste nicht einmal
wie sie hieß), „wir dachten du wärst wirklich interessiert an
unserer Freundschaft. Wir haben uns wirklich Mühe gegeben,
Alina, aber wenn du das offenbar überhaupt nicht zu schätzen
weißt-"

„Ich heiße Aleika", unterbrach Alice sie barsch. „Und nein, ich
finde euch ehrlich gesagt ziemlich nervig. Tut mir leid, ich habe
mehrmals versucht euch freundlich zu sagen, dass ich nicht

interessiert an einer Freundschaft mit euch bin, weil ich eigentlich nur meine Ruhe haben will, aber ihr habt mich ja nie ausreden lassen, weil ihr nur damit beschäftigt wart, mir irgendwelche Mädchen zu zeigen, die ihr für verdächtig haltet und wisst ihr was: Ich finde, dass kein einziges Mädchen, das auf dieser Liste steht, sich auffällig verhält. Und ich fasse es nicht, dass ich mit so einem Unsinn meine Zeit verschwendet habe!"

Toll Alice, dachte sie, jetzt hast du es geschafft, sie loszuwerden. Und wie freundlich du doch warst. Mum wäre sicher stolz auf dich.

Die vier Mädchen starrten Alice mit offenem Mund an. Dann sagte eine von ihnen (Ihren Namen kannte Alice. Sie hieß Menja Singh und sie war den Tränen nahe):

„Nein, uns tut es leid. Wir dachten du wärst etwas Besonderes, Aleika, aber anscheinend haben wir uns geirrt. Ella hatte Recht: Du bist und bleibst eine blöde Angeberin, die einfach nur Aufmerksamkeit will. Kommt Mädels, wir gehen zu Ella, Kelly und May, denn dort sind wir wenigstens erwünscht", fügte sie an die anderen drei Mädchen gewandt hinzu und bedachte Alice mit einem vernichtenden Blick, bevor sie mit ihren Freundinnen abzog. Erleichtert atmete Alice auf und versuchte nicht auf die fiesen kleinen Gewissensbisse zu achten, die in ihrer Magengegend zwickten. Doch wenigstens hatte sie jetzt wieder ihre Ruhe.

Schon bald war Alice wieder so uninteressant wie vorher und sie und Ella kabbelten sich wie immer. Alice fand das sehr beruhigend, denn es würde sicher niemand auf die Idee kommen, dass Sie die Prinzessin war. Außerdem wusste sie jetzt wie es war Freunde zu haben und war fest davon überzeugt eine solche Erfahrung nie wieder machen zu wollen. Mit dem Schwänzen hätte Alice auch sofort wieder angefangen, doch es gab eigentlich keinen Grund mehr dafür: Als sie nämlich am Montagnachmittag in den Hinterhof zu den Mülltonnen kam hatte ihre pelzige Freundin ein Geschenk für sie: Es war ein kleiner Pavian.

„Oh, danke", sagte Alice und wich ein wenig angewidert zurück. „Das ist… toll." Die Tigerin schnurrte und rieb ihren Kopf an Alices Knie. Alice lächelte und streichelte sie.

„Es wird wohl nicht mehr nötig sein, dich zu füttern", stellte sie fest. „Du hast es ganz alleine geschafft deine Jagdinstinkte zu aktivieren. Das heißt, du bist bereit in die Wildnis zurückzukehren." Traurig beugte Alice sich zu der nun nicht mehr ganz so kleinen Tigerin herunter und umarmte sie.

Als Alice sie gefunden hatte war sie ihr bereits fast bis zur Hüfte gegangen, doch es war schon fast ein Monat vergangen und die Raubkatze war gewachsen. Alice glaubte, dass das Tigerweibchen ohnehin nicht mehr lange bei ihrer Mutter geblieben wäre. Es wurde also wirklich langsam Zeit, dass Sie in den Wald zurückkehrte und ein ganz normales Tigerleben führte. Und auch, wenn es ihr einen Stich versetzte, sich von ihrer neuen Freundin verabschieden zu müssen, stand Alice auf und führte ihren Schützling zu dem Tor, das etwas versteckt hinter den Mülltonnen war. Sie öffnete es und bedeutete dem Tiger zu gehen. Doch die Katze bewegte sich nicht von der Stelle. Alice seufzte und ging rückwärts aus dem Tor heraus, die Hand ausgestreckt. Zögernd, als würde die kluge Raubkatze wissen, dass das ein Trick war, folgte sie Alice. Als Sie draußen war kehrte Alice blitzschnell in den Hinterhof zurück und machte das Tor zu. Es war ein massives Eisentor, ohne Gitterstäbe oder sonst irgendeine Möglichkeit hindurch zu kommen. Man konnte lediglich versuchen darüber zu klettern, doch dann waren dort spitze Pfeile angebracht, an denen man sich schwer verletzen konnte. Also gab es keine Chance für Alices Tigerin darüberzukommen. Zufrieden kehrte Alice in ihr Zimmer zurück. Sie griff nach ihrem Handy, um die Nachrichten zu lesen und ihre gute Laune verflog sofort. Ihr Onkel war das Bild auf der allerersten Seite der Onlinezeitung von Auria und die Bildunterschrift lautete:

Die Rückkehr des Adlers

Beunruhigende Nachrichten für das Königshaus: Der „Adler" ist zurück!

Heute Morgen wurde an der Grenze zu Auria und Bangladesch der Bruder und Mörder unseres Königs, Prinz Ajeet, gesehen und heute Mittag wollte ein Bürger unserer Stadt ihn im Haus eines Bauern gesehen haben. „Ich wollte wie jeden Montagmorgen Mehl, Eier, Reis und Milch bei dem Bauern holen, da sehe ich hinter einem Fenster plötzlich das Gesicht von Prinz Ajeet. Zuerst dachte ich, ich seh´ nicht richtig, doch ich bin mir sicher er war´s. Er sieht nun natürlich älter aus, doch die tiefe Narbe am Kinn hat er immer noch. Er war´s, das weiß ich.“ Die Bürger unserer Stadt sind beunruhigt. Wird Prinz Ajeet versuchen den Frieden unserer Stadt zu zerstören?

Alice starrte auf das Handy, ohne zu blinzeln. Die Wörter, die dort standen, verschwammen und Tränen bildeten sich in ihren Augen.

„Was ist los?", fragte Ella. Wortlos reichte Alice ihr das Handy. Ella überflog den Artikel und mit jeder Zeile wanderten ihre Augenbrauen höher, bis sie in Ellas Haaransatz zu verschwinden schienen.

„Das ist nicht gut", sagte Ella langsam und gab Alice das Handy zurück. „Ich muss sofort mit Kelly und May darüber reden", rief sie und verließ das Zimmer. Das war Alice nur recht. So konnte sie in Ruhe nachdenken. War es Zufall, dass erst Ajeets treuester Anhänger aus dem Gefängnis entkommt und nach Alice sucht, um sie umzubringen und eine Woche später bereits Ajeet aus dem Exil zurückkehrt? Sicher nicht. Die beiden mussten sich abgesprochen haben. Aber wie? Wie konnten sie beide in verschiedenen Ländern in Gefangenschaft sein und sich trotzdem verständigen?

Alice schlief schlecht in dieser Nacht. Immer wieder wachte sie schweißgebadet auf, weil sie glaubte irgendwo Schüsse zu hören. Um vier Uhr morgens konnte sie schließlich überhaupt nicht mehr schlafen und schlich sich aus dem Zimmer und nach draußen auf die Fußballwiese. Doch sie hatte nicht vor zu trainieren, sondern setzte sich einfach nur ins trockene Gras und blickte in den Sternenhimmel hinauf. Es beruhigte sie irgendwie die vielen silbrig glitzernden Punkte am schwarzen Nachthimmel anzugucken und manchmal stellte sie sich sogar vor, dass Akaash und ihr Vater auch zu den Sternen dort oben gehörten und extra für sie leuchteten. Dieser Gedanke machte sie glücklich und als sie anfing die Sterne zu zählen wurde sie müde. Sie schaffte es gerade noch sich in ihr Bett zu schleppen und die Schuhe auszuziehen, bevor sie in einen traumlosen Schlaf fiel.

Am nächsten Morgen war Ajeets Rückkehr Gesprächsthema Nummer eins. Alice beteiligte sich nicht an den wilden Spekulationen ihrer Mitschülerinnen, denn sie wusste sowieso schon was ihr Onkel vorhatte, oder ahnte es zumindest.

Und ihre Ahnung wurde bestätigt: Bereits eine Woche später, Alices Klasse hatte gerade Sport, sahen die Mädchen eine große Demonstrantengruppe auf die Stadt zulaufen. Geführt wurden sie von Ajeet, der in ein großes Megafon schrie: „Wir haben es satt von einer Frau regiert zu werden! Männer an die Macht!" Dies wiederholte er die ganze Zeit. Wütend sah Alice dem Zug nach. Am liebsten wäre sie zu ihnen hin marschiert und hätte ihnen ordentlich die Meinung gesagt. Ihre Mum regierte hervorragend, besser als mancher Mann. Alices

Meinung nach war ihre Mutter die beste Regentin, die Auria je hatte. Das würde sie Ajeet am liebsten hier und jetzt auf die Nase binden. Doch leider hinderten sie zwei Dinge daran: Das Schultor und die Tatsache, dass sie mit einer solchen Aktion ihr Leben riskieren würde. Trotzdem hatte Alice, auch wenn Ajeet das nicht wusste, ihrem Onkel gerade eine stumme Kampfansage gemacht.

Männer an die Macht!

Alice wusste nicht was Ajeet den Menschen aus den Dörfern erzählt und versprochen hatte, doch es ermutigte die Leute ungemein. Sie streikten und stellten Flugblätter her, die sie überall verteilten. Ein paar der Flugblätter waren auch über den Zaun von Alices Schule geflattert und Alice hatte sich sofort eins von ihnen geschnappt.

> HABEN SIE ES SATT?
> Sie sind auch der Meinung unser Land hätte eine starke Persönlichkeit, einen richtigen Mann als Herrscher verdient? Sie halten nichts von unserer Königin und sind fest von unserem Motto **„Männer an die Macht"** überzeugt? Dann nehmen sie einfach an unseren Demonstrationen teil! Unsere nächste findet statt am 14.07.2016 Wir freuen uns über jeden Teilnehmer

Auf dem Blatt war auch Ajeet abgedruckt. Er hatte die Hände in die Hüften gestemmt, den Kopf in die Höhe gereckt und guckte einem von dem Foto arrogant entgegen. Unter seinem Foto stand noch einmal in fetten Buchstaben „**Männer an die**

Macht!" Wütend knüllte Alice das Flugblatt zusammen.

Männer an die Macht, so ein Unsinn! Ihre Mutter benachteiligte die Männer in keinster Weise. Das Land brauchte keinen neuen Herrscher! Und schon gar nicht Ajeet.

Doch leider sahen das viele Leute anders. Der Großteil der Stadt hielt zu Alices Mutter, doch ein Viertel (und das waren immerhin rund tausend Menschen) war auf Ajeets Seite. Und Ajeet war ganz in seinem Element. Die Zeitung berichtete nun fast nur noch von ihm und den Hetzreden, die er gegen die Königin hielt. Die Reporter schienen wohl voll und ganz auf Celias Seite zu sein, denn sie empörten sich stark über Ajeet und seine Anhänger. Aber die Artikel interessierten Ajeet nicht. Er verseuchte die Menschen, die hören wollten, was er zu sagen hatte, mit Lügen über Celia und wenn eine seiner Veranstaltungen auf dem großen Marktplatz in der Mitte der Stadt von Polizisten gesprengt wurde, so zog er die nächste noch größer auf.

Alices Mum hatte keine Lust einen Krieg gegen Ajeet zu beginnen, also ignorierte sie ihn einfach und macht weiter wie bisher. Nur die Sicherheitsvorkehrungen des Palastes wurden verschärft.

Alice konnte sich im Unterricht kaum noch konzentrieren. Ihre Gedanken schweiften immer ab. Sie dachte ständig darüber nach, wie sie ihren Onkel stoppen konnte und wie sie dabei ihrer Mum helfen konnte. Das gefiel den Lehrern nicht und Alice musste sich wohl oder übel zusammenreißen, wenn sie nicht bis zum Ende des Jahres jeden Nachmittag nachsitzen wollte. Doch Alice war sehr beunruhigt und sie wurde das Gefühl nicht los, dass ihr Onkel etwas fieses plante.

Abends schlich Alice sich nun wieder regelmäßig raus, doch nicht unbedingt zum Trainieren, sondern meistens zum Nachdenken.

Eines Abends, Alice saß mal wieder auf der Wiese und sah zu den Sternen hoch, hörte sie ein Rumpeln am Tor des Hinterhofs. Alice sprang auf und lief zu den Mülltonnen.

„Ist da wer?", rief sie laut. Ein leises Knurren war die Antwort. Alice zögerte. Sollte sie es wagen näher heranzugehen? Plötzlich wurde eine Mülltonne umgestoßen und zwei bernsteinfarbene Augen leuchteten ihr entgegen. Alice machte erschrocken einen Satz nach hinten. Sie kniff die Augen zusammen und versuchte etwas zu erkennen, doch ihre Augen mussten sich erst an die Dunkelheit gewöhnen. Zweimal atmete sie tief durch, dann wagte sie sich näher ran. Nun konnte sie einen schwachen Umriss erkennen. Es war ein Tier, doch mehr konnte Alice nicht sehen. Sollte sie ihre Taschenlampe anmachen? Nein, besser nicht. Womöglich würde sie das Tier dann verschrecken und das wollte sie nicht. Also ging sie langsam in die Hocke und versuchte angestrengt zu erkennen mit welchem Tier sie es hier zu tun hatte. Langsam streckte sie die Hand aus und wartete. Das Tier kam vorsichtig näher und plötzlich spürte Alice eine feuchte Schnauze an ihrer Hand. Im nächsten Moment wurde sie umgeworfen und ein großer Kopf schmiegte sich an ihre Backe. Alice schob das Tier vorsichtig von sich, was gar nicht so einfach war, weil sie es hier immerhin mit einem fast ganz ausgewachsenen Tigerweibchen zu tun hatte.

„Du bist wieder da", rief Alice und streichelte ihre Freundin glücklich. Anscheinend hatte die Tigerin Alice vermisst, denn sie begann Alices Gesicht mit ihrer rauen Zunge zu bearbeiten wie ein Hund. Lachend schob Alice die Raubkatze von sich und stand auf.

„Scheint so, als werde ich dich nicht mehr so schnell los, was?" Zutraulich rieb die Tigerin ihren Kopf an Alices Bein. Alice kraulte sie hinter den Ohren und die Katze begann zu schnurren.

„Gut", sagte Alice, „dann brauchst du aber auch einen Namen." Die Tigerin blickte erwartungsvoll zu ihr auf.

„Hmm", überlegte Alice. „Wie wäre es mit… Mala? Ja, das ist doch ein schöner Name. Was hältst du davon, Mala?" Mala schnurrte. Alice lächelte.

„Nun gut, dann heißt du jetzt Mala." Mala stupste Alice spielerisch an. Dabei fiel das zusammengeknüllte Flugblatt aus Alices Jackentasche. Alice hob es auf.

„Männer an die Macht", sagte sie verächtlich. „Wohl eher Mann an die Macht. Ajeet denkt wohl immer noch er könnte es schaffen König zu werden. Aber ohne mich. Ich werde nicht den Mörder meines Bruders als König akzeptieren." Mala legte den Kopf schief und Alice erzählte ihr alles. Als sie fertig war ging es ihr besser. Mala hatte ihren großen Kopf in Alices Schoß gelegt und sah sie treuherzig an.

„Sicher, dass du kein Hund bist?", fragte Alice lachend. Empört hob Mala den Kopf und stupste Alice hart.

„War doch nur ein Scherz", rief Alice und grinste. Mala schien beruhigt und gähnte. Und auch Alice merkte, dass sie müde wurde. Sie verabschiedete sich von Mala und ging ins Bett.

Am nächsten Morgen war es, als hätte Alice ein Schutzschild um sich, dass alles abblockte, was Ella ihr an den Kopf warf. Es war Alice egal, denn sie konnte nur an eins denken: Mala, die draußen im Hinterhof auf sie wartete. Als die Glocke endlich läutete war Alice die erste, die zusammenpackte und raus rannte.

Mala erwartete sie tatsächlich und brauchte erst einmal eine ordentliche Streicheleinheit, bevor sie Alice erlaubte sich an sie zu lehnen und ihre Hausaufgaben zu machen. Danach redete Alice stundenlang mit ihr und Mala hörte zu. Alice liebte die Tigerdame über alles und konnte sich schon jetzt nicht mehr vorstellen Mala wieder zu verlieren. Doch diese Sorge bestand sowieso nicht, denn Mala war so anhänglich, dass es kein Wunder wäre, wenn sie Alice auch noch ins Bett begleiten würde. Alice würde auch jederzeit wieder anfangen zu schwänzen, doch da Mala sich ihr Futter selbst besorgen konnte, war das nicht nötig. Allerdings waren bald wieder Sommerferien und Alice würde wieder zu ihrem ehemaligen

Kindermädchen gehen. Und sie war sich sicher, dass Mia keinen Tiger bei sich aufnehmen wollte. Bis zu den Sommerferien waren es allerdings noch vier Wochen und solange konnte Alice überlegen wo sie Mala unterbringen konnte.

Drei Tage später, mitten in der Mathestunde, wurde Alice von Amrita aus dem Unterricht geholt. Amrita bat sie, mit in Ihr Büro zu kommen. Alice war nervös, obwohl sie sich nicht vorstellen konnte warum sie zur Direktorin musste. Sie hatte nichts getan. Auf dem Weg sprach Amrita kein Wort und auch Alice schwieg, in Gedanken versunken, weil sie in ihrem Gedächtnis herumkramte, ob sie sich in letzter Zeit nicht vielleicht doch einen kleinen Fehltritt erlaubt hatte. Oder hatte man vielleicht Mala entdeckt und deshalb- aber nein, keiner wusste, dass Mala zu Alice gehörte. Es musste irgendetwas anderes sein. Doch was? Was hatte Alice getan?

Nachdem Amrita die Tür des Büros hinter sich verschlossen und sich hinter ihren Schreibtisch gesetzt hatte, blickte sie Alice ernst an.

„Setz dich", sagte sie mit ungewohnt sorgenvoller Stimmte. Zögernd setzte Alice sich.

„Was habe ich denn getan?", wollte sie wissen. „Ich kann mich nämlich nicht erinnern, irgendetwas-"

„Du hast nichts getan", unterbrach Amrita sie und lächelte. Doch das Lächeln wirkte unecht und Amrita knete die ganze Zeit nervös ihre Hände.

„Was ist los?", fragte Alice. „Was ist passiert?" Amrita zögerte kurz, dann sagte sie:

„Du darfst dich nicht aufregen, ja? Deiner Mutter geht es gut und-"

„Wie, meiner Mutter geht es gut? Was ist passiert?", drängte Alice. Beunruhigt blickte sie die Freundin ihrer Mutter an. Amrita räusperte sich.

„Nun, wie du weißt ist Ajeet aus dem Exil zurückgekehrt. Er hat Aufstände angezettelt und hält Hetzreden gegen Celia, weil er auf den Thron will. Nun ja, gestern Abend haben drei seiner Anhänger eigenständig gehandelt und ein Feuer in Celias Schlafzimmer gelegt, während sie schlief. Beinahe wäre das Attentat geglückt, du weißt ja, dass das Schlafzimmer keinen Rauchmelder hat und Türen und Fenster waren verschlossen, sodass der Rauch vorerst nicht in die anderen Räume durchdringen konnte. Aber zum Glück haben zwei der Wachen das Feuer bemerkt und Celia sofort in Sicherheit gebracht. Die Feuerwehr war dann auch sehr schnell vor Ort und die Wachen konnten die drei Attentäter auch relativ schnell fassen, also ist alles noch mal gut gegangen, jedoch hat Celia eine leichte Rauchvergiftung und ein paar Brandblasen."

„Und wo ist sie jetzt? Ist sie im Krankenhaus? Kann ich sie besuchen? Oder kann ich ihr wenigstens Blumen schicken oder-"

„Du kannst ihr Blumen schicken, ja. Und am Wochenende kannst du sie gerne auch besuchen, wenn du magst." Amrita lächelte.

„Danke", rief Alice und fiel ihr um den Hals. Amirta lachte.

„Aber ich komme mit. Das ist die Bedingung."

„Klar", nickte Alice und strahlte. Sie hatte ihre Mutter seit fast vier Jahren nicht mehr gesehen, weil sie ihre Ferien immer bei Mia verbracht hatte. Sie hatte ja immer nur mit ihrer Mutter telefoniert oder Videoanrufe gemacht. Und jetzt würde Sie sie endlich wiedersehen!

Die Zeit von Donnerstag bis Samstag schien endlos, und als Alices Wecker am Samstagmorgen klingelte war sie so wach wie noch nie zuvor an einem Samstagmorgen um halb sieben. Blitzschnell war sie angezogen und in Amritas Büro geflitzt. Amrita wartete bereits auf sie.

„Fertig?", fragte sie. Alice nickte und Amrita reichte ihr einen großen Blumenstrauß, den sie zusammen ausgesucht hatten. Dann stiegen sie in das bereitstehende Taxi und fuhren zur Privatklinik, in der nur reiche Patienten untergebracht waren. Nachdem sie dem Empfang passiert hatten (die Dame, die dort saß fiel fast in Ohnmacht, als Amrita ihr sagte, wer sie waren), fuhren sie mit dem Aufzug hoch in den zweiten Stock, wo Alices Mutter ihr Zimmer hatte. Alice klopfte vorsichtig an. Ein leises „Herein" kam von drinnen und Alice öffnete die Tür. Ihre Mutter lag in einem großen Bett mit weißer Decke und weißem Kissen, weißem Bettgestell, weißem Nachtkästchen, (das Zimmer war insgesamt sehr weiß) und lächelte Alice an, als sie eintrat.

„Hallo Schätzchen", grüßte sie.

„Hallo", antwortete Alice mit brüchiger Stimme und im nächsten Moment fiel sie ihrer Mutter um den Hals. Den Blumenstrauß hatte sie losgelassen und er landete auf dem Boden. Celia erwiderte die Umarmung.

„Du hast mir gefehlt", flüsterte sie, während sie Alice fest an sich drückte, sodass Alice fast keine Luft mehr bekam.

„Du mir auch", antwortete Alice. Sie löste sich aus der Umarmung und hob den Blumenstrauß wieder auf. Verlegen reichte sie ihn ihrer Mutter. Ein paar Blumen waren nun abgeknickt. Celia nahm den Strauß dennoch an.

„Meine Lieblingsblumen", strahlte sie und rief eine Schwester, damit sie ihr eine Vase bringen konnte. Die Schwester, eine eher zierliche junge Inderin kam mit der Vase. Als sie wieder weg war, seufzte Celia.

„Hier ist es so langweilig. Ich hoffe, ich werde bald entlassen. Nicht auszudenken, was Ajeet in meiner Abwesenheit alles anstellen könnte." Sie blickte Alice an und lächelte.

„Aber euer Besuch macht es um einiges besser", fügte sie hinzu. Alice lächelte breit zurück.

„Ich freue mich auch, dich mal wiederzusehen. Auch, wenn es mir unter anderen Umständen lieber gewesen wäre."

„Mir auch, Sweetie. Aber erzähl mal. Wie läuft es denn so in der Schule? Gerätst du immer noch so mit Ella aneinander?"

Alice verzog das Gesicht und nickte. Dann erzählte sie ihrer Mum alles, was sie für wichtig erachtete. Dabei achtete sie darauf, nur lustige oder unterhaltsame Erlebnisse zu nehmen, um ihre Mum nicht auch noch mit ihren Sorgen zu belasten.

Nach etwa einer halben Stunde kam die Schwester zurück und bat Alice und Amrita zu gehen.

„Aber wir sind doch noch gar nicht so lange hier", protestierte Alice.

Die Schwester blickte Alice streng an.

„Ich weiß, was gut für meine Patienten ist und Miss Hard hat einen schweren Schock erlitten, als ihr Zimmer plötzlich in Flammen stand, von dem sie sich noch nicht ganz erholt hat. Also gehen sie jetzt bitte." Und dafür, dass die Frau so zierlich war hatte sie ziemlich viel Kraft, stellte Alice staunend fest, als die Schwester Sie und Amrita energisch aus dem Zimmer schob und die Tür hinter ihnen schloss.

„Die ist ja nett", murmelte Alice. Amrita lächelte.

„Komm, gehen wir", sagte sie und zog Alice mit sich nach draußen. „Nächste Woche kommen wir ja wieder her."

Ajeets Plan geht doch noch auf

Jetzt, wo Alices Mutter im Krankenhaus war, wurden Ajeets Veranstaltungen immer größer und die Polizei gab sich nicht einmal mehr die Mühe überhaupt bei den Veranstaltungen aufzutauchen. Alice hatte die Befürchtung, dass viele Ajeet besser fanden, als sie zugeben wollten. Kein Wunder, denn Ajeet versprach höheres Gehalt, weniger Steuern und vieles mehr, was Alices Mutter nicht versprechen würde. Es waren lauter Versprechen, die Ajeet nicht halten konnte, doch das kümmerte die Menschen nicht. Sie bekamen von Ajeet das zu hören, was sie hören wollten, es fehlte nicht viel und dann würden sie ihn wahrscheinlich auch noch für einen Gott halten. Dabei, dachte Alice grimmig, war Ajeet nichts weiter als ein Mörder.

In der Schule wurde viel über die Veränderungen im Land geredet. Sogar die Lehrer kamen nicht darum herum mit der Klasse darüber zu diskutieren. Es gab viele, die glaubten was Ajeet sagte, doch der Großteil der Klasse hielt nichts von Ajeet, wie Alice freudig feststellte. Ella machte sogar Ajeets Siegerpose nach und ahmte seinen arroganten Gesichtsausdruck perfekt nach, wobei sie laut rief:

„Seht mich an, ich bin ein Mann!" Fast die ganze Klasse lachte, auch Alice. Und selbst Madame Durand konnte sich ein Grinsen nicht verkneifen.

Nach dem Unterricht ging Alice wieder zu Mala. Hunger hatte sie keinen und Mala hatte wohl auch schon gegessen, denn vor ihr lag nur noch ein großes graues Fellknäuel. Alice wollte gar nicht wissen welches Tier Mala da gerissen hatte. Sie setzte sich neben die Tigerin auf den Boden und begann mit den Hausaufgaben, die sie zum Glück nur in Mathe aufhatte. Dann erzählte sie Mala von der Unterrichtsstunde. Mala schnurrte, als Alice ihr erzählte, was Ella gemacht hatte und es war, als würde auch sie lachen. Alice seufzte. Wenn es doch nur so einfach wäre... Alle hielten Ajeet für eine Witzfigur, doch Alice wusste, dass man ihren Onkel leicht unterschätzen konnte.

Am frühen Abend packte Alice ihre Sachen zusammen und verabschiedete sich von Mala, wobei sie den Gedanken verdrängte, was sie in den Sommerferien mit Mala machen sollte. Mia würde einen Herzinfakt bekommen, wenn sie den Tiger sah. Doch Mala würde bei Alice bleiben wollen, das wusste Alice. Vielleicht konnte Alice Mala ja in Mias Schuppen verstecken. Nein, denn in dem Schuppen waren Mias Gartengeräte und Mia liebte es in ihrem Garten zu arbeiten. In der Garage? Auch nicht, Mia fuhr fast jeden Tag mit ihrem Fahrrad irgendwo hin. Aber das Baumhaus, das sie mit Alice gebaut hatte, das benutzte nur Alice. Dort würde sie Mala verstecken. Und sie würde Mala wieder füttern müssen, doch würde Mala sich überhaupt noch füttern lassen? Vielleicht waren ihre Wildtierinstinkte schon so weit ausgeprägt, dass sie sich ihr Futter nur noch selbst besorgen wollte? In einigen

Wochen würde Alice es herausfinden, denn dann begannen die Sommerferien.

Am Sonntag fuhren Alice und Amrita wieder ins Krankenhaus. Sie hatten einen riesigen Blumenstrauß dabei, doch als sie klopften bekamen sie keine Antwort. Alice zog die Augenbrauen hoch und klopfte erneut.

„Ja, herein", kam es von drinnen. Alice öffnete die Tür. Ihre Mutter lag im Bett und lächelte Alice an. Doch es sah ein wenig gequält aus.

„Mum, ist alles in Ordnung?", fragte Alice besorgt. Ihre Mutter nickte.

„Jaja, mir ist nur ein bisschen schwindelig und übel."

„Sollen wir jemanden rufen?" Celia schüttelte den Kopf.

„Nein nein, das passt schon", sagte sie und lächelte. „Geht bestimmt gleich wieder vorbei." Alice war skeptisch, sagte aber nichts. Da es ihrer Mutter schon viel besser ging durften Amrita und Alice heute auch bis zum Nachmittag bleiben. Die drei redeten und spielten Spiele. Alice war sogar richtig gut gelaunt, was wirklich selten vorkam. Gegen halb eins ging Amrita zur Kantine um sich und Alice etwas zu essen zu holen.

„Alice, Amrita hat mir erzählt, dass es dir in letzter Zeit nicht gut geht. Stimmt das?" Celia guckte ihre Tochter besorgt an.

„Nein, mir geht es gut", winkte Alice ab.

„Wirklich?"

„Wirklich." Celia wirkte beruhigt und lächelte wieder. Doch plötzlich verschwand ihr Lächeln. „Mum, was ist?", fragte Alice besorgt.

„Ich spüre meine Beine nicht mehr", sagte Celia.

„Ich hole eine Schwester." Alice ging zu dem Knopf.

„Der funktioniert nicht mehr", sagte Celia.

„Dann gehe ich eben eine holen", beschloss Alice. „Bin gleich zurück." Sie öffnete die Tür und trat auf den Flur hinaus. Leider sah sie niemanden. Also ging sie zu dem Zimmer, aus dem sie beim Herkommen lauter Ärzte und Krankenschwestern hatte rauskommen sehen. Vielleicht war ja jemand da. Alice klopfte an. Keine Antwort. Alice drückte die Klinke herunter und öffnete die Tür. Die Krankenschwester vom letzten Mal war da und aß gerade ein Schinkenbrot. Als Alice eintrat ließ sie das Brot allerdings sinken und kam auf sie zu.

„Mädchen, kannst du nicht lesen?", fuhr sie Alice an. „Das hier ist nur für Personal! Steht ganz groß draußen auf der Tür."

„Sie haben ja nicht geantwortet, als ich geklopft hatte", entgegnete Alice ungeduldig.

„Ich hatte den Mund voll." Die Schwester deutete auf ihr Brot.

„Meiner Mum geht es schlecht", sagte Alice, ohne auf die Schwester einzugehen. „Sie sagt sie spürt ihre Beine nicht mehr. Sie müssen sofort mitkommen! Außer ihnen habe ich nämlich niemanden gefunden." Die Schwester runzelte die Stirn.

„Ich habe jetzt Pause. Frag doch jemand anderen, ob er mal eben nach deiner Mutter-"

„Haben Sie mir nicht zugehört?", fauchte Alice. „Sie sind die Einzige, die ich gefunden habe und meine Mum-" Sie unterbrach sich selbst als sie einen Arzt vorbeigehen sah. Sofort trat sie auf ihn zu und bat ihn, mitzukommen. Der Arzt folgte ihr sofort.

Celia sah überhaupt nicht gut aus. Sie war blass und atmete schwer.

„Ich spüre meine Arme und Beine nicht mehr", erklärte sie. Amrita saß neben ihr und sah sehr besorgt aus. Der Arzt wollte wissen was Celia gegessen und getrunken hatte.

„Nur das, was mir gebracht wurde", antwortete Alices Mutter müde. Alice nahm den Becher, aus dem ihre Mutter getrunken hatte, in die Hand und roch daran. Ein schwacher, aber trotzdem sehr scharfer Geruch stieg ihr in die Nase.

„Was für ein Getränk soll das sein?", fragte sie den Arzt.

„Wasser. Ganz normales Wasser", antwortete dieser. Alice runzelte die Stirn.

„Riecht aber nicht nach ganz normalem Wasser", meinte sie und reichte dem Arzt den Becher. Der Arzt roch ebenfalls daran.

„Hmm, tatsächlich, da hat jemand gefleckten Schierling rein gemischt, glaube ich. Ich werde sofort das Gegengift anfordern lassen." Er verließ mit das Zimmer. Alice und Amrita blieben besorgt zurück. Hunger hatte Alice jetzt auch keinen mehr. Sie ließ ihre Mutter keine Sekunde mehr aus den Augen, während sie mit Amrita auf den Arzt wartete. Auf einmal wurde Celia unruhig.

„Mum, was ist? Geht es dir schlechter? Soll ich jemanden holen?"

„Ich bekomme keine Luft mehr", flüsterte Celia. Amrita sprang auf.

„Ich hole jemanden", sagte sie und verließ das Zimmer. Alice nahm die Hand ihrer Mutter und wartete. Celia lächelte sie an. Alice konnte es nicht erwidern, denn ihre Mutter atmete nur noch sehr schwer.

„Man, wo bleibt Amrita denn?", murmelte Alice ungeduldig. Amrita war schon fünfzehn Minuten weg. Und sie blieb es auch noch weitere zehn. Celia atmete nun fast gar nicht mehr, doch Alice traute sich nicht aufzustehen und sie allein zu lassen, also blieb sie neben ihrer Mutter sitzen. Diese lächelte immer noch.

„Du wirst bestimmt eine tolle Königin sein, Alice", sagte sie.

„Was? Nein! Du kannst nicht einfach so aufgeben! Versuch durchzuhalten, bis der Arzt da ist, ja? Er ist bestimmt schon mit dem Gegengift unterwegs, also halt einfach durch, ok?" Celia lächelte schwach.

„Ich liebe dich Sweetie", flüsterte sie und schloss die Augen. Entsetzt bemerkte Alice wie ihre Brust sich nicht mehr hob und senkte. Sie fühlte den Puls ihrer Mutter, doch da war keiner mehr. Das Gerät, an das ihre Mum angeschlossen war, gab ein langgezogenes Piepen von sich.

„Mum? Mum, wach auf", rief Alice, den Tränen nahe, und gab ihrer Mutter mehrere sanfte Ohrfeigen, doch Celia reagierte nicht. Alice gab ihr mehrere kräftige Ohrfeigen, aber Celia wachte nicht auf. Ihre Hand entglitt Alices und als Alice sie wieder nahm, spürte sie, dass sie kalt geworden war. Alice starrte ihre Mutter fast schon fassungslos an. Dass sie einfach so aufgegeben hatte, wo Alice sie doch brauchte. Sie konnte Alice doch nicht einfach im Stich lassen! Sie war doch immer da gewesen, wenn Alice sie gebraucht hatte. Sie war doch ihre Mum, sie konnte nicht einfach gehen! Doch das war sie. Sie war weg. Für immer. Aber Alice konnte nicht weinen. Noch nicht. Sie konnte auch nicht denken. Ihr Kopf war wie leer gefegt und sie war irgendwie… weggetreten. Dass Amrita und eine Horde an Ärzten und Ärztinnen kamen, die versuchten, ihre Mum wiederzubeleben, merkte sie fast nicht. Als Amrita sie von ihrem Stuhl hochzog und sanft aus dem Zimmer schob leistete sie keinen Widerstand und stolperte hinter Amrita her nach draußen.

Alice wusste nicht wie sie es zurück zum Internat geschafft hatte. Sie wusste nur, dass sie auf dem Rückweg langsam wieder ihr Bewusstsein erlangt und mitten auf der Straße in Tränen ausgebrochen war. Doch als sie am nächsten Morgen aufwachte fühlte sie sich, als wäre sie von einem Zug überrollt worden. Ihr tat alles weh, vor allem der Kopf. Ella war schon wach und angezogen.

„Aleika, jetzt beeil dich mal", sagte sie genervt. „Das Frühstück ist in zehn Minuten vorbei."

„Keinen Hunger", murmelte Alice und drehte sich wieder um, doch schlafen konnte sie nicht mehr. Aufstehen wollte sie aber auch nicht. Sie wollte nur noch im Bett liegen und die Wand anstarren. Ella seufzte und verließ das Zimmer. Alice blieb liegen und starrte die Wand an. Nach einer Weile ging die Tür auf.

„Du liegst ja immer noch im Bett", rief Ella. Alice drehte sich widerwillig um. Ella, Kelly und May standen an ihrem Bett und starrten sie ungläubig an.

„Jetzt beeil dich, Madame Durand wartet schon! Du hast übrigens die Trauerfeier für die Königin verpasst. Und jetzt zieh dich endlich an!" Ella warf Alice ein Kleid hin und wartete. Doch Alice konnte sich nicht bewegen. Sie starrte nur das Kleid an. Das hatte ihre Mutter ihr zum 15. Geburtstag geschenkt. Allein der Anblick schmerzte und so warf Alice das Kleid wieder zurück.

„Mensch, was soll das?", maulte Ella. „Du kriegst Ärger, wenn du nicht-"

„Mir geht es nicht gut", antwortete Alice leise und zog die Knie an.

„Kopfweh", fügte sie hinzu, als Ella sie stirnrunzelnd ansah.

„Na gut", sagte Ella und seufzte.

„Siehst auch wirklich nicht gut aus. Ich werde Madame Durand ausrichten, dass du Migräne hast." Damit verließen sie, Kelly und May das Zimmer und Alice war wieder allein. Eine Weile hatte Alice ihre Ruhe, dann öffnete sich die Tür wieder und Amrita kam herein. Alice drehte sich nicht zu ihr um und starrte weiter die Wand an.

„Alice, wie geht es dir?", fragte Amrita leise. Alice antwortete nicht. Sie wollte nicht reden.

„Kann ich dir irgendwas bringen? Kann man dir etwas gutes tun?"

„Mich in Ruhe lassen", antwortete Alice. Amrita seufzte. „Gut, dann ruhe dich aus. Soll ich dir etwas zu essen bringen-"

„Nein", rief Alice gereizt. „Ich brauche nichts. Ich will einfach nur meine Ruhe haben!"

„Alles klar. Dann lasse ich dich jetzt auch in Ruhe." Alice antwortete nicht. Sie wartete bis Amrita die Tür hinter sich geschlossen hatte und bis ihre Schritte sich entfernt hatten, dann stand sie leise auf und schlich sich raus. Auf den Gängen begegnete sie niemandem und so konnte sie sich unbemerkt zum Hintereingang schleichen.

Im Hinterhof wurde sie bereits sehnsüchtig erwartet. Mala strich ihr um die Beine und rieb ihren Kopf an Alices Hüfte.

„Hör auf", sagte sie und schob Mala von sich. Beleidigt trottete Mala davon und kehrte Alice den Rücken zu. Alice ging nicht darauf ein und das schien Mala zu bemerken. Sie linste über ihre Schulter, doch Alice kam nicht, um sie zu streicheln. Jetzt merkte Mala, dass etwas nicht stimmte und kam zu Alice zurück. Mit der Tatze stupste sie Alice an. Alice seufzte und drehte sich weg. Mala stupste sie mehrmals an und rieb wieder ihren Kopf an Alices Schulter und machte dann erschrocken einen Satz rückwärts als Alice aufsprang und gegen eine Mülltonne trat.

„ICH HASSE IHN", brüllte sie. „ER HAT MEIN LEBEN ZERSTÖRT!" Mala fauchte.

„Ja, ist doch wahr", rief Alice und setzte sich wieder neben Mala. Sie streichelte die Tigerin. „Wenigstens habe ich noch dich", murmelte sie und vergrub ihr Gesicht in Malas Fell.

Nach ein paar Stunden beschloss Alice doch etwas zu essen und ging zum Speisesaal. Das Mittagessen war schon vorbei, doch das Essen war noch nicht zurück in die Küche gebracht worden. Alice lud sich viel zu viel Reis auf ihren Teller und setzte sich dann zu May und Ella, die als einzige außer ihr noch da waren. Ella betrachtete den riesigen Haufen Reis auf Alices Teller, sagte aber nichts. Alice begann zu essen, legte aber nach drei Löffeln das Besteck wieder weg, denn ihr war schlecht. Sie stand auf und schmiss das Essen samt Tablett weg. Die verwunderten Blicke von Ella und May bemerkte sie nicht einmal.

Nach drei Tagen hatte Alice sich soweit gefangen, dass sie wieder am Unterricht teilnehmen konnte und am Sonntag würde die Beerdigung ihrer Mutter sein. An der würde sie auch wieder teilnehmen können.

In der Sportstunde am Mittwoch, die trotz der Hitze draußen stattfand, fuhr ein Wagen vorbei, auf dessen Dach Lautsprecher angebracht waren.

„Ansage von König Ajeet an alle", dröhnte es aus den Lautsprechern. „Am Sonntag ist seine Krönung und wer nicht kommt wird des Hochverrats angeklagt! Außerdem wird der König seine Armee mit neuen Soldaten erweitern. Alle Jungen ab 15 Jahren sind zum Wehrdienst verpflichtet. Weigert sich jemand ist das ebenfalls Hochverrat und wird mit dem Tod bestraft. Die Mädchen werden nicht mehr zur Schule gehen. Ihr Platz ist zu Hause, um im Haushalt zu helfen. Doch mit ein wenig Glück können sie Arbeit bekommen. Der König sucht noch Dienstmädchen, Putzkräfte und Küchenhilfen. Die Schulen werden am ersten Tag der Sommerferien geschlossen." Der Wagen fuhr weiter. Entsetzen stand den meisten in die Gesichter geschrieben. Alice aber war wütend. Wie konnte Ajeet es wagen sich jetzt schon als König zu bezeichnen? Sie würde ganz sicher nicht zur Krönungsfeier gehen und als Dienstmädchen würde sie sich auch nicht bewerben.

„Als ob ich zu der dämlichen Feier gehe", hörte sie Ella rufen. May nickte zustimmend.

„Auf keinen Fall werde ich DEM die Treue schwören oder mich als Dienstmädchen bewerben", sagte sie.

„Und ich will weiter zur Schule gehen", fügte Kelly grimmig hinzu.

„Ich stimmte euch da vollkommen zu", rief Alice. Alle starrten sie an. Das hatte sie noch nie getan. Sie war noch nie einer Meinung mit den drei gewesen.

„Ajeet ist ein Tyrann und ein Mörder und ich werde mich sicher noch von so einem Egoist wie ihm regieren lassen. Lieber sterbe ich." Zustimmendes Gemurmel erhob sich. Die Sportstunde war gelaufen. Die Klasse hatte sich in einem Kreis zusammengesetzt und diskutierte. Madame Durand, die neben Mathe auch Sport unterrichtete, machte sich nicht einmal die Mühe die Klasse ruhig zu stellen, damit sie mit dem Unterricht fortfahren konnte und beteiligte sich sogar an der Diskussion. Am Ende waren sie sich alle einig: Keiner hatte vor die Schule abzubrechen.

Staatsfeindin Nummer 1

Die Tage vor den Sommerferien herrschte gedrückte Stimmung bei den Schülerinnen. Der Beerdigung ihrer Mutter, die zwei Wochen vor den Ferien stattfand, konnte Alice doch nicht beiwohnen. Es sei zu riskant, hatte Amrita gesagt. Alice verbrachte fast nur noch Zeit bei Mala, denn die Tigerin war die Einzige, die Alice zu verstehen schien. Zumindest warf sie ihr keine mitleidigen Blicke zu oder versuchte ihr zu sagen, alles würde wieder gut werden und sie solle nicht traurig sein, denn das half nichts und es stimmte nicht, denn Ajeet war sie sicher immer noch ein Dorn im Auge.

Am letzten Tag gab es viele tränenreiche Abschiede. Ella, Kelly und May würden in Kontakt bleiben und das, wie Ella grimmig verkündete, nicht, indem sie zusammen eine Stelle als Dienstmädchen annahmen. Alice packte ihren Koffer dreimal aus und wieder ein, nur um die Zeit irgendwie herumzukriegen. Amrita bat sie ein letztes Mal in ihr Büro.

„Ich weiß, du wirst die Schule vielleicht nie wieder von innen sehen", begann sie und blickte Alice ernst an.

„Aber deine Mutter war meine beste Freundin und ich habe ihr das Versprechen gegeben gut auf ihre Tochter aufzupassen. Wenn du also meine Hilfe brauchen solltest, ich bin jederzeit für dich erreichbar." Alice lächelte.

„Danke, Amrita. Ich bin mir sicher wir werden uns bald wiedersehen. Doch im Moment halte ich es für das Beste unterzutauchen. Ich hoffe, dass du wegen mir keine Schwierigkeiten bekommst. Schließlich bist du die Einzige, die weiß, wer ich bin."

„Ich werde nichts sagen", erwiderte Amrita lächelnd. Alice umarmte Amrita.

„Danke", sagte sie. „Für alles." Amrita erwiderte die Umarmung.

„Ich bin da, wenn du mich brauchst", entgegnete sie immer noch lächelnd.

„So, und jetzt geh. Und verhalte dich unauffällig."

„Ich verhalte mich immer unauffällig", entgegnete Alice und verließ Amritas Büro.

Mia kam Alice dieses Mal nicht abholen, weil Ajeet möglicherweise wusste wie sie aussah. Alice blieb, bis alle Schülerinnen weg waren und ging dann in den Hinterhof zu Mala. Die Tigerin begrüßte sie wie immer. Alice kraulte sie kurz, dann sagte sie:

„Wir werden jetzt gehen, Mala. Komm." Mala folgte ihr ohne zu zögern. Ein letztes Mal drehte Alice sich noch um, bevor sie ihr gewohntes Leben für eine ungewisse Zeit verließ.

Alice wäre mit einem fast ausgewachsenen Tiger an ihrer Seite sicher aufgefallen, doch auf dem Weg zu Mias Haus begegnete ihr keine Menschenseele. Das war aber nicht weiter verwunderlich, denn Mia wohnte etwas außerhalb der Stadt in einem kleinen Häuschen.

Es war ein hübsches weißes Haus, an dem sich schon der Efeu empor rankte. Wenn man den Garten sah würde man überhaupt nicht denken, dass Mia ihn selbst pflegte, denn während die Beete aussahen, als wären sie mit dem Lineal gezogen, die Bäume und Hecken perfekt zugeschnitten und der Rasen wies keinen einzigen Grashalm auf, der zu lang oder zu kurz war. Im Haus hingegen war es überhaupt nicht aufgeräumt. Wolle und halb fertig gestrickte Socken oder Pullover lagen auf dem Boden und man musste höllisch aufpassen nicht in eine Stricknadel hineinzutreten. Alice fand immer irgendetwas neues beim Aufräumen. Aufgeräumt wurde bei Mia einmal in der Woche, doch das störte Alice nicht. Sie fand Mias kleines Haus sehr gemütlich. Mia war eine großartige Bäckerin, aber kochen konnte sie nicht. Sie brachte gerade einmal Reis mit einer Soße, die sie fertig im Supermarkt kaufte, fertig. Alice konnte kochen und es machte ihr immer großen Spaß, Mia zu belehren.

Als Alice kam stand Mia bereits in der Haustür und erwartete sie.

Mia war Italienerin und so alt wie Alices Mum. Sie war auch eine ihrer besten Freundinnen und sogar mütterlicherseits mit Alice verwandt. Mias Haare waren goldbraune Wellen, die ihr fast bis zur Hüfte gingen. Ähnlich wie Alice und ihre Mum

80

hatte Mia blaugraue Augen. Doch ihr cremefarbener Teint war nicht indisch, sondern italienisch. Sie war nicht sonderlich groß, aber auch nicht klein, war kurvig, aber nicht pummelig.

Alice wunderte sich, dass Mia keinen Freund hatte, denn sie sah wirklich nicht schlecht aus. Doch Mia wollte keinen Mann.

„Die machen nur zusätzliche Arbeit", sagte sie immer.

Heute trug sie ein dunkelgraues Kleid. Ihre Haare trug sie offen. Ihre Miene war bedrückt. Das wunderte Alice, denn eigentlich war Mia stets fröhlich. Als sie Alice umarmte tat sie das so vorsichtig, als wäre Alice zerbrechlich.

„Wie geht es dir?", fragte sie ernst. Alice seufzte innerlich. War ja klar, dass als erstes über ihre Mutter gesprochen wurde.

„Mir geht es gut", log sie. Aber sie merkte selbst, wie brüchig ihre Stimme klang, weil sie gerade mit den Tränen kämpfte.

Mia runzelte die Stirn.

„Bist du sicher?"

„Ja." Alice schaffte es, die Tränen herunterzuschlucken.

„Wenn du darüber reden-"

„Noch nicht." Mia seufzte.

„Gut, dann komm doch rein." Sie hielt Alice die Tür auf.

Plötzlich fiel ihr Blick auf Mala.

„Was ist DAS?", kreischte sie und deutete auf die Tigerin.

„Das ist Mala", antwortete Alice. „Ich habe sie vor ein paar Monaten gefunden. Sie war verletzt und ich habe sie gesundgepflegt."

81

„GESUNDGEPFLEGT?!", wiederholte Mia hysterisch. „Alice, das ist ein TIGER!"

„Ja, ich weiß. Aber Mala tut keinem etwas", versicherte Alice. „Ich dachte sie könnte im Baumhaus schlafen", fügte sie hinzu. Mia starrte Mala an.

„Im Baumhaus schlafen? Und was versichert mir, dass dieses… dieses… Vieh nicht doch ins Haus kommt?"

„Ich verspreche das wird sie nicht", beruhigte Alice ihr altes Kindermädchen. Doch Mia schien immer noch nicht überzeugt.

„Der Baum, in den wir das Baumhaus gebaut haben, steht fünf Meter von deinem Haus entfernt", sagte Alice. „So weit kann kein Tiger springen. Und außerdem kann ich das Baumhaus ja abschließen. Mala kommt also nicht raus."

„Sicher?", fragte Mia.

„Sicher", nickte Alice. Mia atmete dreimal ein und aus, dann nickte sie.

„Aber wehe der Tiger kommt ins Haus", drohte sie.

„Sie wird nicht ins Haus kommen, versprochen." Alice führte Mala zu dem Baumhaus und kletterte voraus, sodass Mala wusste, was sie tun sollte. Mala verstand und kletterte Alice hinterher. Alice streichelte sie am Kopf und kletterte wieder herunter. Die Leiter holte sie ein und die Tür des Baumhauses verschloss sie, sodass Mala nicht herauskonnte. Das gefiel Mala natürlich überhaupt nicht und sie versuchte die Tür aufzubekommen, scheiterte allerdings daran, weil die Tür aus massivem Holz war.

Alice ging zurück ins Haus. Aus der Küche duftete es schon stark nach Alices Lieblingskuchen. Hungrig setzte sie sich an den Tisch und lud sich gleich zwei Stücke Marmorkuchen auf. Mia hatte zudem noch Eisschokolade gemacht. Alice nahm sofort einen großen Schluck, erstickte dann aber fast daran, als sie die Zeitung auf dem Tisch sah. Ein altes Kinderfoto von ihr nahm fast die ganze Titelseite ein und darunter stand in fetten Buchstaben:

„STAATSFEINDIN NUMMER 1"

„Prinzessin Alice im Alter von sechs Jahren",
stand in kleinen Buchstaben direkt neben dem Bild.

„Oh, das hatte ich ganz vergessen", sagte Mia und griff nach der Zeitung. „Ich wollte sie eigentlich noch wegschmeißen bevor du kommst-" Doch Alice hatte ihr die Zeitung bereits aus der Hand gerissen und angefangen den kurzen Artikel darunter zu lesen:

Prinzessin Alice ist die letzte lebende Verwandte des neuen Königs. Sie ist nun sechzehn Jahre alt und ging die letzten zehn Jahre unter einer falschen Identität zur Schule. Es wird also nicht einfach werden sie zu finden, denn Alice hat etwas, das ihr nicht gehört: Die Karte unseres Bergs, auf der alle Fallen und wie man sie umgehen kann, eingezeichnet sind. Die Karte könnte sie als Druckmittel gegen den König einsetzen, um doch noch den Thron besteigen zu können. Außerdem ist bekannt, dass die Prinzessin schon im frühen Alter den Umgang mit

Waffen gelernt hat. Möglicherweise wird sie den König auch gewaltsam vom Thron stoßen wollen. Der König hat sie deshalb zur Staatsfeindin Nummer 1 erklärt und jeder, der weiß wo sie sich aufhält, es aber nicht sagt, oder die Prinzessin sogar bei sich versteckt, macht sich des Hochverrats schuldig. Wer also weiß wo sich die Prinzessin im Moment befindet sollte es besser melden, weil jedem die Todesstrafe droht, der es nicht tut. Außerdem hat der König ein beträchtliches Kopfgeld auf sie ausgesetzt. Wer sie fängt darf mit einer Belohnung von 10000 Rupien rechnen.

Alice starrte die Zeitung an.

„Kopfgeld? Todesstrafe?! Wir leben im 21. Jahrhundert", rief sie aufgebracht. „Aber du machst dich gerade des Hochverrats schuldig, Mia! Das kann ich nicht zulassen." Alice sprang auf.

„Wo willst du hin?", fragte Mia scharf und sprang ebenfalls auf.

„Ich kann nicht zulassen, dass du oder irgendjemand anderes sein Leben für mich aufs Spiel setzt", erwiderte Alice.

„Red keinen Unsinn", fuhr Mia sie an.

„Du bleibst hier. Wo sollst du denn sonst hin?"

„Ich finde schon ein Versteck."

„Alice, das ist albern. Jetzt bleib doch hier", rief Mia ungeduldig und drückte Alice wieder auf ihren Stuhl.

„Iss weiter", befahl sie.

Doch Alice hatte keinen Appetit mehr. Sie erhob sich erneut und ging zum Kühlschrank. Dort nahm sie ein Stück rohes Rindfleisch heraus und ging zur Hintertür.

„Mala braucht auch etwas zu fressen", erklärte sie auf Mias fragenden Blick hin und ging hinaus in den Garten.

Mala war beleidigt und beachtete Alice nicht, als sie in Baumhaus kam und ihr das Fleisch hinlegte.

„Du kannst nicht raus", versuchte Alice zu erklären. „Du fällst auf und wenn du Pech hast wirst du erschossen. Hier bist du sicher." Doch das interessierte Mala nicht. Sie drehte sich von Alice weg und legte sich demonstrativ auf den Boden. Alice seufzte.

„Gut, dann spiel halt die beleidigte Leberwurst. Wenn´s hilft." Sie schloss die Tür hinter sich und kletterte wieder herunter. Da es erst später Vormittag war, beschloss Alice ein wenig zu trainieren. In Mias Garten konnte man das leider nicht wirklich gut, weil die Rasenfläche nicht besonders groß war und Alice konnte ihre Abstände nicht erweitern, doch das störte sie nicht. Sie stellte ihre Zielscheibe auf und begann zu üben. Mia missbilligte es zutiefst, dass Alice Waffensport betrieb und versteckte immer ihren Bogen oder die Zielscheibe, doch heute sagte sie nicht einmal etwas. Alice konnte also ungestört trainieren.

Es war bereits früher Nachmittag, als Mia Alices Training unterbrach und sie zum Mittagessen rief.

Es roch verbrannt aus der Küche, als Alice das Haus betrat. Mia stellte einen großen Topf auf den Tisch, dessen Inhalt Alice nicht wirklich ausmachen konnte. Es sah aus wie Curry, doch es war dickflüssig. Alice glaubte Paprika, Fleisch und Zuckerschoten in dem dickflüssigen Curry zu entdecken.

„Eintopf", verkündete Mia stolz. „Heute ist er mir endlich mal gelungen." Alice war ein wenig skeptisch, doch Mia sah so zuversichtlich aus, dass sie lieber nichts sagte. Und als sie den Eintopf probierte musste sie zugeben, dass er gar nicht übel schmeckte. Allerdings roch es immer noch verbrannt.

„Sag mal, Mia", begann Alice vorsichtig. „Hast du vielleicht noch etwas anderes als den Eintopf gekocht?" Mia sprang erschrocken auf und rannte zum Herd, auf dem ein weiterer, kleinerer Topf stand. Sie riss ihn herunter und machte den Herd schnell aus. Traurig guckte sie in den Topf.

„Das kann man wohl nicht mehr essen", sagte sie. Alice guckte neugierig in den Topf. Am Boden war Reis angebrannt. Mia hatte zu wenig Wasser hineingegeben und nun ließ sich eine Zentimeterdicke Schicht nicht mehr heraus bekommen.

„Den Topf kann ich dann wohl wegschmeißen", meinte Mia, nachdem die versuchte hatte den Reis mit dem Kochlöffel herauszukratzen und den Kochlöffel dabei zerbrochen hatte, und seufzte. Alice schenkte ihr ein aufmunterndes Lächeln und sagte:

„Aber der Eintopf ist dir doch gelungen. Der schmeckt wirklich gut." Mia lächelte schwach und begann den Topf sauber zu machen. Alice aß schnell auf und räumte ihr Geschirr weg. „Ich trainiere noch ein bisschen", verkündete sie und schon war sie draußen.

Die ersten Tage fiel es Alice schwer, dass in jeder Zeitung ein Bild von ihr als Sechsjährige abgebildet war, doch nach einer Woche hatte sie sich daran gewöhnt. Sie hatte sich verändert in den zehn Jahren und sah ihrem sechsjährigen Ich fast gar nicht mehr ähnlich.

Eines Morgens, Alice frühstückte gerade, klopfte es laut an Mias Tür.

„Aufmachen, Polizei", kam es von draußen. Beunruhigt wechselten Alice und einen Blick.

„Du musst verschwinden, Alice", zischte Mia. Alice nickte und rannte hoch in ihr Zimmer. Hektisch packte sie einen Rucksack und schlich sich wieder nach unten in die Küche, wo Mia ihr blitzschnell etwas zu essen hinlegte. Alice packte es ein und rannte dann durch die Hintertür nach draußen.

„Aufmachen, oder wir treten die Tür ein", brüllte ein Polizist von draußen.

„Ich komme ja schon", rief Mia zurück und eilte zur Tür. Alice schloss die Hintertür hinter sich und kletterte ins Baumhaus hoch.

Mala begrüßte sie wie immer, doch sie wirkte etwas unruhig.

„Wir müssen weg, Mala", sagte Alice und winkte die Tigerin mit sich. Mala folgte ihr sofort, froh, endlich wieder frei sein zu können. Aus dem Schuppen holte Alice ihren Bogen und die Pfeile, dann rannte sie zur Gartenpforte. Fast wäre sie dabei mit einem Polizisten zusammengestoßen, doch sie konnte sich gerade noch rechtzeitig mit einem Hechtsprung in eine Rosenhecke retten. Der Polizist drehte sich um, konnte aber keinen entdecken. Trotzdem kam er misstrauisch auf die Rosenhecke zu. Alice hielt die Luft an. Der Polizist war nun nur noch zehn Zentimeter von ihr entfernt. Plötzlich sprang Mala aus der Hecke hervor und fauchte den Polizisten wütend an. Dieser machte fast einen Luftsprung vor Schreck.

„B-braves Kätzchen, süßes Kätzchen", stammelte er, während er langsam zurückwich und dann schreiend im Haus verschwand.

„Braves Kätzchen", lobte Alice Mala grinsend und strich ihr über den Kopf. Mala schnurrte und schmiegte ihren Kopf an Alices Hüfte.

„Und jetzt weiter", sagte Alice und bevor irgendein Polizist nach draußen und nach dem rechten sehen konnte, waren Mala und Alice auch schon in Richtung Meer aufgebrochen.

Neue Freunde

Nach fast vier Stunden Fußmarsch war endlich das Meer in Sicht. Alice wusste, dass in den Klippen viele Höhlen waren, doch der Weg dorthin war nicht gerade ungefährlich. Alice warf einen Blick auf Mala. Die Tigerin gähnte. Doch Alice war sich sicher, dass Sie den Abstieg noch schaffen würden.

Mala war nicht begeistert von der Kletterei, doch mit viel gutem Zureden brachte Alice sich und Mala schließlich in eine kleine, wettergeschützte Höhle. Wellen klatschen gegen dir Klippen und das Wasser spritzte hoch. Mala legte sich ganz an den Rand der Höhle und ließ sich begeistert nassspritzen. Alice, die noch nicht gefrühstückt hatte, packte das Essen aus, das Mia ihr eingepackt hatte. Es waren hauptsächlich Kuchen und andere Gebäcke, aber auch belegte Brote. Die Brote gab Alice Mala, zumindest die, auf denen Schinken und Putenwurst drauf war. Mala verschlang sie in einem Haps.

„Toll, jetzt hast du alles aufgefressen, was ich für dich dabei hatte", tadelte Alice sie. Mala leckte sich mit der Zunge übers Maul und streckte sich der Länge nach aus, sodass Alice fast gar keinen Platz mehr hatte. Doch in der Höhle war es sowieso zu kalt für Alice, also benutzte sie Mala einfach als Wärmflasche. Ganz eng kuschelte sie sich an die Tigerin ran und holte zwei der vier Wasserflaschen, die sie eingepackt hatte, heraus. Eine davon nahm sie und leerte sie halb in Malas geöffnetem Maul aus. Dann trank sie selbst etwas und legte sich dann wieder neben Mala. Sie schloss die Augen und fiel in einen unruhigen, traumlosen Schlaf.

Gegen Mittag erwachte Alice aus ihrem Nickerchen und richtete sich auf. Erst dachte sie, sie würde immer noch träumen, denn neben ihr lagen zwei lebendige Paviane und stritten sich um eine Banane. Mala lag neben ihnen und sah zu. „Mala, was-" Plötzlich holte Mala mit der Pranke aus und brach einem der Affen das Genick. Entsetzt schrie Alice auf. Mala tat das Gleiche auch mit dem zweiten Affen und schob einen der Affen Alice hin.

„Oh, nein danke", sagte Alice angewidert. Mala zog den Pavian wieder zu sich und begann zu fressen. Alice drehte sich weg. Sie hatte keinen Hunger mehr.

Fast zwei Wochen hielten die Vorräte (Alice war sehr sparsam mit den vier Kuchen und den zwei Dosen Kekse umgegangen), doch dann brauchte Alice Nachschub. Es half nichts, sie musste aus ihrem Versteck kommen und sich wieder Essen holen. Mala nahm sie nicht mit. Zum Glück waren die Bauernhöfe nicht weit von hier. Alice würde einfach zu einem von ihnen hingehen und sich etwas holen. Da sie aber nicht riskieren wollte, dass sie jemand erkannte und womöglich doch eine Ähnlichkeit zu ihrem Foto als Sechsjährige fand, musste sie etwas stehlen.

Und sie hatte Glück: Der Bauer und seine Familie waren gerade nicht da, also konnte sie in aller Seelenruhe ihren Rucksack füllen. Alice nahm diesmal noch mehr Wasser (sechs Flaschen), zwei Laibe Brot, Käse und vier Äpfel mit, dann schlich sie sich wieder vom Hof. Glücklicherweise hatte dieser Bauer keinen Wachhund und so blieb sie unentdeckt.

Jede Woche ging Alice zu dem Bauern, um Nachschub zu holen und drei Wochen ging das gut.

Heute war Alices Geburtstag. Mia hatte ihr ihr Geburtstagsgeschenk schon im Voraus mitgegeben. Alice hatte es in einer großen Reisetasche verstauen müssen. Neugierig öffnete sie es. Ein Köcher auf den ihr Name eingestickt war und ein Bogen, in den ihr Name eingraviert war, waren darin.

Leider konnte sie beides nicht öffentlich tragen. Alice griff in ihren Rucksack, um sich etwas zu essen herauszunehmen, doch der Rucksack war leer. Alice stöhnte genervt auf. Ausgerechnet heute musste Alice wieder auf Besorgungstour!

Diesmal ging sie zu einem anderen Bauern, der näher an der Stadt wohnte. Der Bauer hatte einen Wachhund, doch Alice setzte ihn mit einem großen Wurstbrot außer Gefecht. Außerdem hatte sie Mala dabei, die den Hund mit ihrer bloßen Anwesenheit davon überzeugte sehr lange für das Brot brauchen zu müssen. Alice schlich sich ins Haus, wo sie auf dem Küchentisch sogar einen Korb mit Milchbällchen und Amaranthbällchen stand. Alice nahm sich jeweils drei davon mit. Dann nahm sie noch Brot, Obst, Wasser und ein paar Sachen für Mala mit und verließ den Hof schnell wieder.

Plötzlich sah sie zwei Mädchen vom Nachbarhof mit großen

Plakaten in der Hand in Richtung Stadt liefen. Auf den Plakaten war Ajeet abgebildet, doch er hatte fette Eiterbeulen und riesige blaue und grüne Flecken im Gesicht. An seiner rechten Wange zog sich ein riesiger blutender Kratzer entlang. Verziert war die Zeichnung mit Totenköpfen. Alice klappte der Mund auf. Das war IHRE Zeichnung. Die Mädchen wollten offensichtlich zu einer Demonstration, die sich gegen Ajeet richtete. Neugierig folgten Alice und Mala den Mädchen.

Die Demonstration fand direkt vor dem Palast statt. Alice blieb stehen. Sie musste sofort wieder an ihre Mum denken. Tränen schossen ihr in die Augen. Am liebsten wäre sie wieder umgedreht und gegangen, aber sie war von lauter Menschen umgeben. Panik schnürte ihr die Kehle zu. Sie wollte hier weg. Sie wollte nicht hier sein, wo sie an ihre Familie erinnert wurde, die sie nun nicht mehr hatte. Mala schien zu spüren, wie es Alice ging, denn sie drängte sich ganz dicht an sie. Und es half. Alice beugte sich zu Mala herunter und vergrub ihr Gesicht in ihrem Fell. Mala legte ihren viel zu schweren Kopf auf ihre Schultern. Alice schaffte es, sich zu beruhigen.

„Danke Mala", murmelte sie in das Fell der Tigerin. Sie richtete sich wieder auf. Erst jetzt bemerkte sie die Statue vor dem Palast. Fast wurde ihr schlecht. Die Statue war nicht mehr die der Göttin Lakshmi, sondern eine Lebensgroße Statue Ajeets in seiner dämlichen Siegerpose. Alice sah sich um. Unter den Demonstranten befanden sich hauptsächlich Mädchen, doch Alice konnte auch mehrere Jungen entdecken. Ganz vorne sah

Alice drei bekannte Gesichter. Ella, Kelly und May waren wohl die Veranstalter der Demonstration, denn Ella, die auf dem Sockel der Statue stand, hatte ein Megaphon in der Hand und brüllte laut hinein:

„Anscheinend kann hier jeder König werden, der sich gut genug durchsetzen kann. Wollen wir wirklich einen Mörder und Tyrann als König, der uns verbietet in die Schule zu gehen?"

Lautes Buhrufen und Pfeifen war die Antwort. Und dann riefen alle im Chor:

„Keine Mörder an die Macht, keine Mörder an die Macht, keine Mörder an die Macht!" Alices Wut über Ajeet schlug in Begeisterung um, als sie sich die Demonstranten genauer anschaute. Fast ihre ganze Schule war auf der Demo erschienen und mit den fast hundert Jungen belief sich die Zahl der Demonstranten auf dem Schlosshof locker auf fast tausend Menschen. Die Wachen des Palasts konnten nichts gegen die wütende Menge ausrichten und gaben schließlich achselzuckend auf. Alice drängelte sich nach vorne und die Menge teilte sich von selbst, als Mala majestätisch hinter Alice her schritt. Alice blieb vor der Statue stehen.

„Hallo", begrüßte Kelly sie und winkte fröhlich. „Sieh mal, ich habe deine Zeichnung an alle verteilt, damit sie daraus ihre Plakate machen können."

„Cool", sagte Alice verlegen. „Habt ihr das alles selbst auf die Beine gestellt?" Ella nickte stolz.

„Der König meint, dass Frauen keine gut bezahlten Jobs haben und zur Schule gehen sollen. Natürlich hat er das so direkt nicht gesagt, aber so gemeint. Meine Mum wurde vorgestern gefeuert und die Mum von Kelly auch. Da haben wir uns gedacht, dass das so nicht gehen kann und die Demo organisiert."

„Cool", wiederholte Alice, diesmal aber begeistert. „Habt ihr noch ein Plakat für mich übrig?"

„Klar", antwortete Kelly eifrig und reichte Alice ein Plakat.

„Danke. Und was wollt ihr mit dieser Demo erreichen? Wollt ihr, dass wir wieder zur Schule dürfen oder dass die Frauen ihre gut bezahlten Jobs wieder bekommen? Und wie oft wollt ihr noch demonstrieren, denn eine Demonstration reicht natürlich nicht, um Ajeet etwas zu bewirken." Ella wurde rot.

„Ihr habt doch nicht damit gerechnet, dass ihr mit einer Demonstration etwas bewirkt, oder?", fragte Alice. Ella wurde noch ein bisschen röter. Alice zog die Augenbrauen hoch.

„Also so wie ich Ajeet kenne braucht es schon das ganze Land, um bei dem im Gehirn etwas zu bewegen."

„Hast du denn eine bessere Idee?", fragte Ella eingeschnappt und verschränkte die Arme vor der Brust.

„Ich habe nicht gesagt, dass die Idee schlecht ist", entgegnete Alice. Mala neben ihr fauchte zornig und die drei Mädchen, die sie streicheln wollten, wichen erschrocken zurück.

„Woher hast du den eigentlich?", wollte Ella wissen und deutete auf Mala.

„Ich habe sie vor ein paar Monaten gefunden. Sie war verletzt und ich habe mich um sie gekümmert", antwortete Alice.

„Sie heißt Mala." Mala rieb wie zur Bestätigung ihren Kopf an Alices Hüfte.

„Cool", rief Ella begeistert. Alice lächelte.

„Leute, ich habe eine Idee", meldete sich plötzlich May zu Wort. Sie war ganz aufgeregt.

„Lass hören", forderte Ella.

„Wir KÖNNEN nach den Sommerferien wieder zur Schule gehen", sagte May und strahlte in die Runde.

„Aha und wie stellst du dir das vor?", fragte Alice und zog die Augenbrauen zusammen. „Ajeet wird das niemals-"

„Er muss es ja nicht wissen", erwiderte May mit einem hinterhältigen Grinsen. Ella grinste ebenfalls.

„Ja, wer braucht schon eine Erlaubnis", sagte sie.

„Kommt schon, das wird sicher aufregend", rief May und ihre Augen funkelten.

„Das ist lebensmüde", sagte Kelly langsam. „Aber ich halte nicht viel von dem König und seinen bescheuerten Regeln." Ella und May grinsten noch breiter.

„Und ich sowieso nicht", gab auch Alice ihre Zustimmung.

„Perfekt", rief May und klatschte in die Hände. „Ich werde noch heute eine Rundmail schicken und alle die wollen können kommen. Ich wette es finden sich auch Lehrer, die da mitmachen."

„May, du bist genial", sagte Ella und klopfte May auf die Schulter. May lief zartrosa an. Plötzlich fuhren zehn Polizeiautos vor und schwer bewaffnete Polizisten sprangen heraus. Sie begannen die Demonstranten mit Gewalt auseinander zu treiben. Manche weigerten sich und die Polizisten setzten ihren Schlagstock ein. Vier Polizisten kamen auch auf May, Ella, Kelly und Alice zu.

„Feierabend, Mädels", sagte einer von ihnen, ein großer dünner, und hob drohend seinen Schlagstock.

„Habt ihr diese Demo organisiert?", fragte ein anderer, ein dicker mit Glatze, und kam drohend auf Ella zu.

„Und wenn es so wäre?", fragte Ella und reckte den Polizisten trotzig ihr Kinn entgegen.

„Dann wärt ihr hiermit verhaftet", antwortete der Dicke.

„Also gibt es in diesem Land keine Meinungsfreiheit mehr?", entrüstete Alice sich und baute sich vor dem großen dünnen Polizisten auf.

„Ihr habt die Ehre des Königs angegriffen, das ist eine Straftat", antwortete er. Alice schnaubte.

„Toller König. Hält nicht mal ein bisschen Kritik aus. Die Königin musste mit MORDDROHUNGEN fertig werden und der König kommt nicht einmal mit einer kleinen Demo zurecht?"

„Pass auf was du sagst, ja?", zischte der Polizist und machte drohend einen Schritt auf Alice zu. Mala trat neben Alice und zeigte ihre spitzen Zähne. Der Polizist wich erschrocken zurück.

„Sonst was?", fragte Alice herausfordernd. Der Polizist schien keine Lust zu haben sich mit einem fast ausgewachsenen Tiger zu messen.

„Heute seid ihr noch mal mit einem blauen Auge davongekommen, aber noch so eine Aktion und-"

„Und sie treten wieder den Rückzug an?", unterbrach Alice ihn spöttisch. Der Polizist warf ihr einen bösen Blick zu und trat mit den anderen Polizisten den Rückzug an.

„Die Polizei dein Freund und Helfer, das ich nicht lache", rief Ella erzürnt. „Kommt, gehen wir." Alice half Ella, May und Kelly beim Aufräumen.

„Weißt du, du bist gar nicht mal so übel wie ich dachte", meinte Ella, während sie eine große Tasche schulterte.

„Kann ich nur zurückgeben", antwortete Alice grinsend. Ella streckte ihr die freie Hand entgegen. „Freunde?"

„Freunde." Alice schlug ein. Auf einmal gesellten sich drei Jungen zu ihnen. Einer davon war genauso rothaarig und sommersprossig wie Ella.

„Darf ich vorstellen: Mein Zwillingsbruder Max und seine Freunde Balram und Dhiren", sagte Ella und deutete auf die Jungen. Dhiren, er war ein bisschen dick und hatte ein Hamstergesicht, lächelte schüchtern. Er hatte kurze schwarze Haare und trug eine dicke Hornbrille. Balram grinste selbstbewusst. Er war groß und schlacksig, hatte schwarzes schulterlanges Haar und braun-grüne Augen.

„Und das ist Aleika", stellte Ella Alice vor. Alice lächelte die Jungen an.

„Hey, Aleika, willst du noch mit zu uns kommen? Die Jungs, Kelly und May sind sowieso zu uns zum Essen eingeladen."

„Ich glaube nicht, dass…" Alice sah unsicher zu Mala, die wütend drei Polizisten nachjagte, weil sie nicht schnell genug zu ihrem Auto gingen.

„Oh, ich glaube das geht schon klar", meinte Ella grinsend. Mala schlug mit der Pranke nach einem Autospiegel und riss ihn ab. Die Polizei wurde wohl nicht ihr Freund. Als endlich alle Autos weg waren, kehrte Mala zufrieden zu Alice zurück.

„Darf ich vorstellen: Mala", sagte Alice grinsend.

„Cool, ein Tiger als Schmusekätzchen!", rief Balram begeistert. Mala fauchte.

„Scheint so als hätte Mala etwas gegen Männer", lachte Kelly.

„Dann bin ich mir allerdings nicht so sicher, ob sie gut bei uns zu Hause aufgehoben wäre", meinte Max. „Bei uns leben nämlich noch mein Onkel und mein Vater."

„Mala wird ja nicht ins Haus kommen", entgegnete Alice. „Sie bleibt im Garten."

Wie Alice erwartet hatte war Ellas Mutter anfangs nicht wirklich begeistert von Mala, doch Ella und Max redeten mit Engelszungen auf sie ein und schließlich erlaubte sie es doch.

Das Haus von Ellas Eltern war sehr groß und im Gegensatz zu Mias kleinem Häuschen sauber und aufgeräumt. Fast alles war in weiß gehalten, von dem riesigen Schuhregal im Eingangsbereich bis zu dem langen Esstisch im Esszimmer. Nur der Boden war mit Parkett ausgelegt. Kleine Figuren Lakshmis standen auf den weißen Regalen im Wohnzimmer. Ellas Mutter war eine attraktive Frau. Sie war blond, hochgewachsen und schlank. Die grünen Augen hatten Max und Ella von ihr, die roten Haare allerdings nicht. Die hatten sie von ihrem Vater, einem fülligen, kleinen und sehr herzlichen Mann. Ellas Onkel war ein wenig griesgrämig. Auch er hatte rotes Haar, war aber im Gegensatz zu seinem Bruder groß und dünn. Mala hatte es sich auf der großen Palme im Garten gemütlich gemacht und döste. Ellas Mutter servierte das Essen auf der Terasse, denn nur dort hatten auch alle Platz.

„Wie lief die Demo?", wollte Ellas Onkel wissen, als sie bereits beim Nachtisch waren.

„Super, bis die Polizei kam", antwortete Ella. Ihre Mutter verschluckte sich fast an ihrem Plumpudding.

„Die Polizei?", rief sie mit schriller Stimme.

„Ja, aber Aleikas Tiger hat sie vertrieben", sagte Ella.

„Zum Glück, sonst wären wir verhaftet worden", fügte Kelly hinzu.

„Aber Aleika war auch nicht schlecht", ergänzte May. „Sie hat sich vor den Polizisten gestellt und ihm so richtig die Meinung gegeigt." Alice wurde rot und starrte auf ihren Teller.

„Ähm der Pudding ist wirklich gut", sagte sie.

„Danke", strahlte Ellas Vater. „Ist ein altes Rezept von meiner Oma." Alice lächelte.

„Sag mal, Aleika", sagte Ellas Onkel langsam und blickte Alice durchdringend an. Unruhig rutschte Alice auf ihrem Stuhl hin und her. Hatte Ellas Onkel sie erkannt?

„Ella hat mir erzählt, dass ihr euch eigentlich nicht leiden könnt. Dass du eine aufgeblasene Tussi bist-"

„John", zischte Ellas Mutter. „Du musst ihn entschuldigen", fügte sie an Alice gewandt hinzu. „Er ist ein bisschen... direkt."

„Ist schon ok", antwortete Alice. Sie war unglaublich erleichtert. Sie hatte schon damit gerechnet, dass Ellas Onkel die Bombe platzen lassen und die Polizei rufen würde. In Gedanken hatte sie sich bereits verhaftet in einem Polizeiauto sitzen sehen. Der Polizist von vorhin hätte sie angegrinst und gesagt:

„Tja, hättest du dich halt lieber nicht mit uns angelegt. Jetzt siehst du was du davon hast." Und Mala wäre wahrscheinlich erschossen worden.

Nach dem Essen spielten die Mädchen gegen die Jungen Fußball und dank Kelly gewannen sie. Die Jungs forderten eine Revanche, doch auch die verloren sie. Als die Mädchen schließlich auch die dritte Runde gewannen war es bereits später Nachmittag. Kelly, May, Balram und Dhiren mussten nach Hause.

„Und du, Aleika? Möchtest du noch zum Abendessen bleiben?", fragte Ellas Vater freundlich.

„Wenn es keine Umstände-"

„Ach was! Das macht doch keine Umstände", winkte Ellas Mutter ab. Doch sie warf trotzdem unauffällig einen besorgten Blick auf Mala, die immer noch in der Hängematte lag und schlief. Beim Abendessen fragte Ellas Mutter plötzlich:

„Sag mal, Aleika, wie heißen eigentlich deine Eltern? Ich habe sie noch nie auf den Elternabenden gesehen." Alices Magen krampfte sich zusammen und sie unterdrückte mühsam die Tränen.

„Ich habe keine Eltern mehr", sagte sie schließlich. Es wurde still am Tisch. Alle sahen Alice plötzlich mitleidig an.

„Und wo wohnst du jetzt?", fragte Ellas Mutter behutsam.

„Mala und ich sind in einer Höhle am Meer", antwortete Alice.

„Aber das ist in Ordnung", fügte sie schnell hinzu, als sie die bestürzten Gesichter sah.

„Will dich denn keiner bei sich aufnehmen?", fragte Ellas Vater. Alice schwieg. Was sollte sie auch sagen? Dass es zu gefährlich wäre sie aufzunehmen, weil sie die Prinzessin war?

„Sie kann doch bei uns wohnen", rief Ellas Vater, der Alices Schweigen völlig falsch gedeutet hatte. „John, Kathy, was sagt ihr?"

„Oh, nein, das müsst ihr wirklich nicht-"

„Das ist eine GLÄNZENDE Idee, Adrian", sagte Ellas Mutter und strahlte Alice an.

„Also, das müssen Sie wirklich nicht-"

„Ach, mach dir wegen dem Tiger keine Sorgen", meinte Ellas Vater. „Mays Tante hat einen privaten Zoo, da können wir deine Freundin unterbringen." Alice öffnete den Mund, um zu widersprechen, doch Ellas Vater sagte:

„Mays Tante wird sich gut um Mala kümmern, versprochen. In ihrem Zoo werden alle Tiere artgerecht behandelt."

„Nein, das geht nicht", rief Alice verzweifelt, doch Ella und ihre Eltern waren so begeistert von ihrer Idee, dass sie gar nicht auf Alice achteten.

„Wir schieben einfach eine Matratze in Ellas Zimmer und-"

„NEIN!" Alle starrten Alice erstaunt an. „Tut mir leid, aber ich kann das unmöglich annehmen."

„Was redest du da, Mädchen?", knurrte Ellas Onkel.

„Ich würde euch nur in Gefahr bringen, wenn ich hierbleibe", sagte Alice. Ella zog die Augenbrauen hoch.

„Warum denn das?", fragte sie. Alice antwortete nicht.

„Das würde mich auch interessieren", sagte Max. Ellas Eltern und ihr Onkel nickten zustimmend.

„Nein, das geht nicht, versteht das doch", rief Alice verzweifelt. „Ich kann nicht zulassen, dass sich jemand wegen mir in Gefahr begibt!" Ella seufzte.

„Das haben wir schon kapiert, Aleika, aber das ist uns egal." Wieder zustimmendes Nicken.

„Und deshalb würde uns jetzt auch mal interessieren was dein Problem ist. DAS hast du uns nämlich noch nicht so ganz erklärt."

„Ja, weil ich auch überhaupt keine Ahnung habe, ob ich euch überhaupt vertrauen kann", antwortete Alice kühl. „Schließlich kenne ich deine Familie erst seit heute, Ella."

„Du kannst uns vertrauen", sagte Max. „Bist ja schließlich keine Schwerverbrecherin, oder?" Er lachte.

„Nein", entgegnete Alice, ohne die Miene zu verziehen. „Nur Staatsfeindin Nummer 1."

Die Carsons

Max hörte schlagartig auf zu lachen und starrte Alice an.

„Du machst Witze, oder?"

„Tu ich nicht. Zwar ist das mit der halbmondförmigen Narbe auf der Stirn totaler Schwachsinn-Ich bin nicht Harry Potter ", fügte sie hinzu, als Max seinen Blick neugierig zu ihrer Stirn wandern ließ.

„Aber das mit der Karte, die allerdings nicht Ajeet gehört, sondern mir, stimmt. Mein Vater hat sie mir und Akaash vermacht." Alice zog das kleine Medaillon, das sie wirklich Tag und Nacht bei sich trug, seit ihr Vater und ihr Bruder tot waren, unter ihrem Shirt hervor und klappte es auf. In dem Medaillon war tatsächlich die Schatzkarte des Bergs versteckt, weil die Königin es für sicherer hielt, sie bei Alice aufzubewahren, als in der Schatzkammer, zu der Ajeet sich womöglich Zutritt verschaffen konnte. Die Carsons machten große Augen, als sie das Wappen des Königshauses, das auf dem Medaillon eingraviert war, sahen.

„Ich fasse es nicht", murmelte Ella. „Dass ich mir fast sechs Jahre mit dir ein Zimmer geteilt habe und mir nie aufgefallen ist, dass du…" Sie starrte Alice ungläubig an.

„Tja, ich muss zugeben, dass es am Anfang ziemlich an meinem Ego gekratzt hat, dass mich keiner kennt", sagte Alice grinsend. „Aber mit der Zeit war ich dann doch ganz froh, dass mich alle für ein ganz normales Mädchen hielten. Weil ich ja auch ein ganz normales Mädchen bin. Ich habe festgestellt, dass es viel besser ist, alles selbst machen zu dürfen und nicht von vorne bis hinten bedient zu werden. Und damit auch ja keiner eine Verbindung zu mir und meinen Eltern herstellt habe ich die Ferien immer bei meinem Kindermädchen verbracht. Meine Eltern wären übrigens gerne mal zu einem der Elternabende gekommen, aber das ging natürlich nicht..." Ellas Onkel starrte Alice an.

„Weißt du, dass ich mal bei euch im Palast gearbeitet habe, Prinzessin?", fragte er. „Bis dein Onkel kam und mich gefeuert hat, weil ich ihm klar gemacht habe, dass ich nicht viel von ihm halte."

„Oh ja, ich erinnere mich", rief Alice. „Sie sind… waren unser Landschaftsgärtner, oder? Sie wussten ganz genau welche Mums Lieblingspflanzen waren…" Ihre Stimme ging in einem lauten, tiefen Bellen und wütendem Fauchen unter. Alice wirbelte herum und starrte auf die Szene, die sich ihr bot: Mala saß immer noch auf der Palme im Garten und blickte böse zu einem sehr aufgebrachten Dobermann herunter, der sie wütend anbellte. Anscheinend war er der Wachhund der Carsons. Mala kam jetzt langsam von der Palme herunter und landete elegant direkt vor dem großen Hund. Die beiden waren nahezu gleichgroß und Alice könnte nicht sagen, wer von beiden angriffslustiger aussah: Mala komplett angespannt, mit eingezogenem Kopf, hervorgetretenen Schulterblättern und gefletschten Zähnen oder der Dobermann in einer ähnlichen

Haltung und ebenfalls mit hochgezogenen Lefzen und geffetschten Zähnen. Allerdings peitschte er nicht wie Mala mit dem Schwanz, weil er nämlich gar keinen mehr hatte. Gerade wollte der Hund zum Sprung ansetzen, da brüllte Mala laut und der Dobermann machte vor Schreck einen Satz zurück.

Winselnd und mit eingezogenem Schwanz zog er sich zurück. Mala streckte sich und kletterte dann den Baum wieder hoch. Ella seufzte.

„Black Beauty mag keine Katzen", sagte sie. Alice starrte Ella an.

„Dein Hund heißt *Black Beauty*?", fragte sie ungläubig. Ihrer Meinung nach hatte diese Hündin wenig Ähnlichkeit mit einem Pferd. Sie war noch nicht einmal schwarz, sondern braun. Ella zuckte die Achseln.

„Als ich sie bekommen habe war ich ein totaler Fan der Serie. Max hat damals zwei Kaninchen bekommen und sie hießen Darth Vader und Luke Skywalker. Damals war Dad total begeistert von den Star Wars Filmen…"

Die Carsons waren sehr nett zu Alice. Deshalb konnte sie, auch, wenn sie wusste, dass es gefährlich war, am nächsten Morgen nicht einfach gehen. Es kam ihr einfach falsch vor. Aber sie fühlte sich auch wie eine Verräterin Mia gegenüber. Das war so eine schwere Entscheidung, dachte Alice, während sie mit ihren Fingern Malas Fell kämmte. Einerseits wollte sie hier nicht weg, andererseits brachte sie die Carsons in Gefahr. Sie würde trotzdem bei den Carsons bleiben. Hier kam sie auch mal auf andere Gedanken, während sie bei Mia zu Hause zu viele Dinge an ihre Mum erinnerten und das ertrug sie im Moment nicht.

Hoffentlich kam Ajeet einfach nicht darauf, dass Alice sich hier versteckte…

Die Gastfreundschaft der Carsons machten es Alice viel leichter, bei ihrer Entscheidung zu bleiben. Ellas Mutter behandelte sie als wäre sie auch ihre Tochter.

„Wo willst du denn auch hin? Etwa in den Wald? Nein nein, du bleibst hier, wo du ein Dach über dem Kopf hast", hatte sie beim Frühstück gesagt. Und das so energisch, dass Alice sich nicht mehr getraut hatte, irgendwas zu sagen. Zumal Ella wohl doch wusste, wann sie Geburtstag hatte und beim Frühstück ein Geburtstagskuchen für Alice auf dem Tisch stand.

Dass sie von Mrs Carson wie ihre eigene Tochter behandelt wurde, rührte Alice, doch sie hatte Eltern gehabt und die konnte niemand ersetzen. Nicht einmal Mrs Carson. Alice fand es lustig, dass Ella und Max nur Englisch miteinander redeten. Doch gleichzeitig machte es sie auch traurig, denn das hatten ihr Bruder Akaash und sie auch immer getan. Denn auch wenn ihre Mutter sie verstand, so war es doch eine Art Geheimsprache der beiden gewesen, denn das Personal des Palasts konnte selten eine andere Sprache als Hindi oder die, die in ihrem Heimatland gesprochen wurde. Daher nutzten Alice und Akaash ihr Englisch für geheime Gespräche, die außer ihnen niemand mitbekommen sollte.

Ella und Max so miteinander zu sehen versetzte Alice einen Stich. Sie waren so glücklich, hatten eine heile Familie. Während Alice nur noch ihren Onkel hatte… und der war ein Mörder. Und als Mala in den Privatzoo von Mays Tante gebracht wurde, fühlte sie sich noch einsamer. Sie hatte nun keinen mehr, dem sie ihre Sorgen und Probleme anvertrauen konnte. Ellas Onkel schien zu merken, dass es Alice nicht besonders gut ging, denn er kam eines Tages zu ihr. Alice saß auf der Hollywoodschaukel im Garten und wollte eigentlich lieber ihre Ruhe haben, doch es erschien ihr unhöflich das zu sagen. Also sagte sie nichts, als sich Ellas Onkel neben sie setzte.

„Weißt du, ich kenne jede Lieblingsblume deiner Mutter", begann er. Alice sah auf. „Wenn du willst können wir sie hier im Garten einpflanzen." Alice lächelte und wollte gerade etwas erwidern, da wurden sie von Ella unterbrochen:

„Alice, May und Kelly sind da. Wir wollen zu unserem Lieblingssee. Kommst du mit?" Alice nickte und stand auf. Ellas Onkel warf Alice einen undefinierbaren Blick zu und erhob sich ebenfalls. Er schlurfte ins Haus zurück, während Ella Alice hinter sich her um das Haus herum in die Einfahrt zog. Kelly und May warteten bereits. Sie hatten Fahrräder dabei.

„Ich habe kein-"

„Du kannst das von Max nehmen", unterbrach Ella Alice und deutete auf ein schwarzes Mountainbike. Alice stieg auf und die

Mädchen radelten los. Sie waren noch nicht einmal am Ende der Straße angelangt, da bremste Alice plötzlich.

„Ich habe keine Schwimmsachen", sagte sie.

„Ich habe welche für dich dabei", beruhigte Ella sie. „Und am See gibt es genügend Büsche, in denen du dich umziehen kannst."

Aber der Weg zum See sollte sich noch schwierig gestalten, denn als die Mädchen die Stadt verlassen wollten wurden sie aufgehalten. Zwei bewaffnete Polizisten bewachten den Ausgang aus der Stadt.

„Wo wollt ihr hin?", fragte einer von ihnen scharf. Er war der längere und dünnere von beiden und hatte schwarzes Haar, das ihm in Strähnen vors Gesicht hing.

„Zum See. Wir wollen schwimmen gehen", antwortete Ella.

„Es gibt mehrere Seen", sagte der andere Polizist, er war auch lang und dürr, aber um einiges gepflegter als sein Kollege, und schaute die Mädchen durchdringend an.

„Ist es denn wichtig zu welchem See wir fragen?", fragte Alice.

„Es kann Ihnen doch eigentlich völlig egal sein, oder nicht? Wir wollen zum See baden, daran ist doch nichts auszusetzen bei der Hitze-"

„Werd mal nicht frech Mädchen", knurrte der ungepflegte Polizist.

„Das war eine ganz normale Frage", entgegnete Alice kühl.

„Dürfen wir jetzt weiter fahren?" Der Polizist musterte die Mädchen.

„Wir werden eure Taschen kontrollieren", sagte der gepflegtere und nahm Ellas Tasche. Alice verzog spöttisch das Gesicht, sagte aber nichts. Die Polizisten kontrollierten auch Mays und Kellys Taschen.

„In Ordnung, ihr könnt fahren." Alice schnaubte und stieg wieder auf ihr Fahrrad. Ella warf den Polizisten einen zornigen Blick zu und stieg ebenfalls auf. Die Mädchen fuhren weiter.

„Unfassbar", rief Alice, als sie außer Hörweite waren. „Jetzt wird man schon beim Verlassen der Stadt kontrolliert! Glauben die etwa wir schmuggeln eine Bombe oder so etwas?"

„Keine Ahnung. Der König ist völlig durchgeknallt. Wahrscheinlich denkt er wir wollen abhauen", meinte Kelly.

„Könnte ja sein, dass wir die Prinzessin bei uns haben." Sie grinste. May lachte. Ella und Alice wechselten einen Blick.

„Ist alles in Ordnung mit euch?", fragte Kelly, der dies wohl nicht entgangen war. Ella warf Alice einen fragenden Blick zu. Alice zuckte die Achseln.

„Also das ist so…", begann Ella zögernd. „Aleika ist…"

„Leute, ich habe übrigens Neuigkeiten", unterbrach May sie. Sie hatte anscheinend gar nicht mitbekommen, dass Ella etwas sagen wollte. Ella zuckte bedauernd die Achseln, doch Alice war eher erleichtert. Sie wollte nicht noch mehr Menschen in Gefahr bringen.

„Ich habe Antworten auf meine Mail bekommen", fuhr May fort und strahlte. „Madame Durand wird uns in Mathe, Sport und Französisch unterrichten. Leider ist sie da auch die Einzige.

Aber außer uns und den Jungs wollen noch neun andere am Unterricht teilnehmen. Es sind zwar verschiedene Altersklassen vertreten, doch es bringt nichts sechzehn Schüler auf drei Klassen aufzuteilen, zumal es nur drei ältere Schüler sind. Sie werden eben einfach den Stoff wiederholen, den wir bei Madame Durand durchnehmen werden. Ich habe Dhiren gebeten mir das zu geben, was er und seine Mitschüler bereits in Mathe gelernt haben und Madame Durand weiß ja sowieso wo sie zuletzt mit uns stehen geblieben ist. Und in Französisch werden eh alle neu anfangen, da beide Internatsschulen das nicht anbieten. Somit wird es Madame Durand nicht besonders schwer fallen, den Unterricht vorzubereiten. Sie hat mir außerdem versprochen die drei Fächer so abwechslungsreich wie möglich zu gestalten. Und Englisch kann sie sogar auch ein bisschen. Aber Max hat schon angeboten, ihr zu helfen. Na, was sagt ihr?" Sie schaute Ella, Alice und Kelly erwartungsvoll an.

„Aber wir wissen doch gar nicht wie weit die Jungs sind", warf Ella ein und runzelte die Stirn.

„Doch, Max hat es mir gezeigt. Sie sind nicht viel weiter hinten als wir und die älteren Schüler könnten eine Auffrischung auch gut gebrauchen, schätze ich. Ich habe alles geklärt", schloss sie und blickte stolz in die Runde.

„Ach, Ella, wolltest du nicht auch etwas sagen?", fragte sie.

„Ja, also ich-"

„Ist nicht so wichtig", unterbrach Alice sie. Ella blickte sie verständnislos an. Kelly und May wechselten einen Blick.

„Wenn ihr meint", sagte May achselzuckend. Sie und Kelly lieferten sich die letzten Meter zum See ein Wettrennen, sodass Alice und Ella sich in Ruhe unterhalten konnten.

„Wieso wolltest du nicht, dass ich es ihnen sage?", fragte Ella.

„Ich will nicht noch mehr Menschen in Gefahr bringen." Ella seufzte.

„Alice, sie werden es doch irgendwann selbst herausfinden. Sag es ihnen doch einfach. Sie werden schon nicht schreiend wegrennen." Alice lächelte nicht. Ella seufzte erneut.

„Sieh mal, May hat illegal andere Jugendliche dazu angezettelt zur Schule zu gehen, Kelly hat allen deine Zeichnungen von Ajeet und Kumar gegeben und beide machen sich damit strafbar. Denkst du da macht es noch einen Unterschied, dass sie wissen-"

„Ja, macht es", erwiderte Alice aufgebracht. „Weil sie sich damit in Lebensgefahr bringen würden!"

„Ja, aber-"

„Reicht es denn nicht, dass du und deine Familie euch in Lebensgefahr begebt? Müssen das deine Freundinnen jetzt etwa auch noch? Du machst dir doch sicher Sorgen um sie, oder?"

„Ja, aber sie sind jetzt auch deine Freundinnen und ich weiß, dass sie es nicht mögen, wenn man Geheimnisse vor ihnen hat. Niemand mag das." Alice seufzte.

„Ich weiß. Aber-"

„Kein Aber", unterbrach Ella sie scharf. „Entweder du sagst es ihnen noch bevor die Ferien enden oder ich tue es, verstanden?" Sie schwang sich wieder auf ihr Fahrrad und fuhr weiter. Alice nickte stumm und fuhr ebenfalls weiter. Sie hatte wirklich keine große Lust ihre neuen Freundinnen anzulügen, aber sie in Gefahr zu bringen stand auch nicht gerade ganz oben auf ihrer To-do-Liste.

Kelly und May warteten schon.

„Wo bleibt ihr denn so lange?", fragte Kelly. Sie hatte ihre Klamotten, unter denen sie ihren Badeanzug schon anhatte, bereits ausgezogen. Auch May war schon umgezogen.

„Los, beeilt euch. Ich will noch in den See bevor das Gewitter losgeht", sagte sie.

„Gewitter? Welches Gewitter?", fragte Ella.

„Na das", antwortete May und deutete in den Himmel. Alice, Ella und Kelly blickten ebenfalls in den Himmel hoch. Dicke graue Wolken hatten sich über dem See zusammengezogen.

„Dann sollten wir uns wohl besser mit dem Schwimmen beeilen", meinte Ella. Schnell tauschten Alice und Ella ihre Klamotten gegen Badeanzüge.

„Wer als letztes im Wasser ist", rief Ella und rannte los. Alice wollte hinterher, doch May hielt sie zurück.

„Ähm, hast du nicht etwas vergessen?", fragte sie und deutete auf Alices Hals. Alice sah nach unten. Das Medaillon! Das hatte sie ganz vergessen!

„Moment mal", sagte May langsam. „Das Wappen, das da auf dem Medaillon eingraviert ist… das ist doch das Wappen der Königsfamilie, oder nicht?"

„Ach das wolltet ihr uns vorhin sagen", rief Kelly, die noch einmal zurückgekommen war, um ihre Schwimmbrille zu holen, und kam zu Alice und May.

„Wollte ich eben nicht", murmelte Alice.

„Ist das nicht cool, May?", fragte Kelly, die Alice wohl nicht gehört hatte. „Wir sind mit der Prinzessin befreundet!"

„Ja, und wenn das rauskommt seid ihr tot!" Alice war laut geworden. „Und ich will euch nicht in Gefahr bringen", fügte sie leise hinzu.

„Tja, zu spät", sagte May fröhlich.

„Ihr findet das wohl wahnsinnig aufregend, oder?", fauchte Alice.

„Ja, irgendwie schon", antwortete May hibbelig. Alice schnaubte.

„Tja, ich eben nicht. Ihr habt keine Ahnung wie sich das anfühlt, wenn euer eigener Onkel eure Eltern und euren Bruder ermordet hat und ihr sein nächstes Ziel seid!" Kelly und May blickten sie erschrocken an. Alice atmete einmal tief ein und aus.

„Ich habe es satt nicht ich selbst sein zu können, mich andauernd verstecken oder auf der Flucht sein zu müssen, versteht ihr? Ich will doch einfach nur ein ganz normales Leben führen können, so wie ihr."

„Na, dann mach das doch einfach", meinte Kelly und nahm Alices und Mays Hand. „Machen wir einfach etwas stinknormales und springen endlich in diesen See, bevor es zu gewittern beginnt!" Sie rannte erneut los und zog Alice und May einfach mit sich zu einem großen Felsen, der bestimmt acht Meter hoch war.

„Na endlich! Ich habe mich schon gefragt wo ihr bleibt!" Ella winkte ihnen aus dem Wasser zu.

„Jaja, wir kommen ja schon", rief Kelly. „Bereit?", fügte sie an Alice und May gewandt hinzu. Alice nickte.

„Gut, dann auf drei", sagte May. „Eins", begann sie.

„Zwei", zählte Alice weiter.

„Drei!", rief Kelly und die drei sprangen.

Der See war, trotz der Hitze, die heute im ganzen Land herrschte, eiskalt und raubte Alice fast den Atem. So schnell sie konnte tauchte sie wieder auf und schnappte nach Luft. Ella kam ihr entgegen geschwommen.

„Damit hättest du jetzt nicht gerechnet, was?" Alice konnte nicht antworten und schüttelte deshalb nur den Kopf. Ella grinste.

„Was habt ihr eigentlich so lang gebraucht?", fragte sie. Hätte Alice jetzt schon wieder antworten können, hätte sie es getan, doch als Kelly sie und Ella rief, erübrigte sich das sowieso. Ella sah Alice überrascht an.

„Du hast es ihnen schon gesagt?" Alice verzog das Gesicht. Ella grinste.

„Also haben sie es von selbst herausgefunden", stellte sie fest.

„Wie?" Alice stieß einen tiefen Seufzer aus und antwortete:

„May hat mich darauf aufmerksam gemacht, dass ich meine Kette beim Schwimmen lieber nicht tragen sollte..." Was Ellas Reaktion war konnte Alice nicht mehr sehen, denn sie bekam eine riesige Ladung Wasser mitten ins Gesicht.

„Wasserschlacht", schrie May und spritzte auch Ella nass.

„Na warte", rief Ella und spritzte zurück. Kelly beförderte die nächste Ladung Wasser ins Alices Gesicht und Alice schluckte die Hälfte davon. Sie musste husten. Kelly grinste frech.

„Das bekommst du zurück", sagte Alice und tauchte Kelly unter.

Zwei Stunden tobten sich die Mädchen noch aus und Alice war so glücklich wie schon lange nicht mehr.

Eine Sportstunde mit Überraschungen

Alice fühlte sich großartig. Obwohl sie wusste, dass es äußert riskant war sich von den Carsons decken zu lassen, war es doch ein gutes Gefühl endlich Freunde zu haben, bei denen sie sie selbst sein konnte. Ihre Mum hätte es bestimmt auch gut gefunden, dass sie nun endlich Freunde hatte. Und wahrscheinlich hätte sie Alice bei einer Aktion, wie die, die sie gerade mit ihren neuen Freundinnen durchzog, unterstützt. Sie hätte es cool gefunden, dass die Mädchen ihre Bildung selbst in die Hand nehmen wollten und hätte Alice sicher unterstützt. Ella, May und Kelly fanden das alles furchtbar aufregend und hatten Alice damit angesteckt. Heimlich zur Schule zu gehen hatte etwas abenteuerliches an sich und es erfüllte Alice mit grimmiger Genugtuung sich den Regeln ihres Onkels zu widersetzen. Eine Woche vor Schulbeginn hatte Alice mit Amrita geredet und Amrita hatte ihr das Internat zu Verfügung gestellt.

Heute war es soweit: Die Schule begann. Alice und Ella machten sich für die Schule fertig, ohne zu wissen ob die Jungs es überhaupt schaffen würden vom Trainingsgelände zu verschwinden. Max, Balram und Dhiren waren nämlich eine Stunde nachdem die Mädchen im See baden gewesen waren von Ajeets Männern abgeholt und eingezogen worden. Ella machte sich große Sorgen um ihren Bruder, das hatte Alice gemerkt, doch sie wollte es wohl nicht zeigen oder darüber reden. Alice hatte es deshalb für besser gehalten, sie nicht darauf anzusprechen und sie lieber abzulenken.

Auf dem Weg zur Schule trafen Alice und Ella auf Kelly und May. Die Mädchen gingen zu Fuß, denn Fahrräder würden auffallen, falls doch jemand zufällig am Internat vorbeikommen sollte.

„Haben die Jungs schon gesagt, ob sie es schaffen zu kommen?", erkundigte May sich bei Ella. Ella gab einen undefinierbaren Laut von sich und wandte sich ab.

„War das jetzt ein Ja oder ein Nein?", hakte May nach.

„Keine Ahnung, Max wurde das Handy abgenommen", erwiderte Ella gereizt.

„Das kann man auch in einem normalen Tonfall sagen", sagte May und runzelte verärgert die Stirn. Ella schnaubte und ging schneller. Kelly blickte May vorwurfsvoll an.

„Was schaust du mich denn jetzt so an?", fuhr May sie an.

„Du weißt doch, dass sie sich Sorgen um Max macht", flüsterte Kelly. „Ein bisschen mehr Taktgefühl wäre angebracht."

„Soll das heißen ich bin taktlos?", rief May empört.

„Ja, genau das soll das heißen", antwortete Kelly hitzig. Die beiden begannen zu streiten und hörten damit nicht mehr auf, bis die Mädchen das Internat erreicht hatten.

Als die vier in das Klassenzimmer kamen, in das May sie führte, sahen sie sofort, dass die Jungs noch nicht da waren.

Eigentlich war noch keiner da, außer Madame Durand. Diese lächelte die Mädchen freundlich an.

„Guten Morgen Mädchen", begrüßte sie Alice, Kelly, May und Ella.

„Morgen", grüßten Alice, May und Kelly zurück. Ella drehte sich weg und ging auf eine der Vierer-Reihen zu. Kelly lächelte die Lehrerin entschuldigend an und folgte Ella. Alice und May taten es ihr gleich. Dann warteten sie auf ihre neuen Mitschüler. Diese trudelten auch nach und nach ein. Zwei Mädchen aus Alices alter Klasse, Sina Jari und Ling Mai, kamen aufgeregt tuschelnd herein. Sina war etwas kleiner als Ling, die auch schon recht klein war, schlank und trug eine viereckige Brille. Ling war genau wie May aus Japan. Sie hatte ihre schwarzen Haare zu einer Kurzhaarfrisur schneiden lassen und trug wie immer sportliche Klamotten.

Als die zwei Mädchen Alice, May, Ella und Kelly zusammen in einer Reihe sitzen sahen, guckten sie erst überrascht und fingen dann wieder an zu tuscheln. Ella starrte mit glasigem Blick geradeaus und trommelte mit ihren Fingern auf die Tischplatte.

„Sie kommen bestimmt", sagte Kelly und strich Ella beruhigend über den Arm. Ella seufzte und hörte auf mit ihren Fingern auf die Tischplatte zu trommeln.

„Was, wenn die merken, dass sie abhauen wollen?"

„Das werden sie nicht", meinte Alice und versuchte dabei überzeugender zu klingen als sie sich fühlte. Denn in Wahrheit war sie nicht gerade zuversichtlich was das anging. Sie stellte es sich schwierig vor aus dem Trainingsgelände des Palasts zu entkommen. Alice selbst kannte nur einen einzigen Geheimausgang und der war echt nicht leicht zu finden. Sie hatte fünf Jahre dafür gebraucht. Aber vielleicht schafften die Jungs es ja schon vor dem Training zu entkommen. Als die Tür sich erneut öffnete sah Ella hoffnungsvoll auf, ließ aber die Schultern wieder sinken, als zwei ältere Schülerinnen den Raum betraten. Alice kannte sie. Sie waren aus der Stufe über ihr. Das Mädchen mit den rotbraunen Haaren und den blaugrauen Augen hieß Nina Farinova und das andere Mädchen war ihre beste Freundin Yasmin Aziz. Yasmin hatte schwarze Locken, die ihr fast bis zur Hüfte reichten, fast schwarze Augen, die von voluminösen schwarzen Wimpern umrandet waren und trug heute ein leichtes Sommerkleid.

Die beiden setzten sie in die Reihe vor Alice, Kelly, Ella und May und begannen sich zu unterhalten. Die beiden waren nervös, schienen das ganze jedoch gleichzeitig sehr aufregend zu finden. Nina drehte sich zu Alice um.

„Voll cool, dass ihr das organisiert habt", lobte sie und grinste breit. Alice lächelte schwach zurück. „Für mich ist es sehr wichtig, dass ich meine schulische Ausbildung weitermache, denn ich wollte nach meinem Abschluss in England Medizin studieren. Schade, dass Madame Durand nicht auch noch Latein unterrichtet", plapperte Nina. Alice nickte halbherzig. Nina drehte sich wieder um und begann sich mit Yasmin über Berufe zu unterhalten, die sie sich vorstellen könnte auszuüben.

„Man, wann kommen die denn endlich?" Ella warf nun fast schon sekündlich Blicke zur Tür.

„Jetzt mach dich nicht verrückt. Die kommen schon", sagte May. Ella tat so, als hätte sie das nicht gehört und fing an, in ihrer Tasche zu kramen. Allerdings schien sie dabei nichts bestimmtes zu suchen.

Pünktlich um acht begann Madame Durand mit dem Unterricht. Von den Jungs war immer noch kein einziger gekommen. Ella wirkte geistesabwesend, während sie die Aufgaben, die Madame Durand an die Tafel schrieb, in ihr Heft kritzelte. Alice machte sich ebenfalls langsam Sorgen, obwohl es erst zehn nach acht war. Was, wenn die Jungs es nicht schafften? Was, wenn sie beim Versuch zu fliehen erwischt wurden?

„Mädchen, würdet ihr euch jetzt bitte auf den Unterricht konzentrieren?", fragte Madame Durand entnervt und schaute May und Kelly streng an. Die beiden hatten ihren Streit vom Hinweg fortgesetzt. Ella umklammerte ihren Bleistift so fest, dass sie ihn zerbrach, während sie mit leerem Blick geradeaus starrte.

„Das war aber einfach nur taktlos von dir vorhin", rief Kelly aufgebracht.

„Ja, das habe ich auch schon kap-" May wurde von der Tür unterbrochen. Oder eher von der Person, die die Tür so schwungvoll aufgerissen hatte, dass sie fast aus den Angeln fiel. Es war ein Junge, vielleicht zwei Jahre älter als Alice mit schulterlangen dunkelblonden Locken und braunen Augen. Er keuchte, als wäre er schnell gerannt und stützte sich mit beiden Händen auf seinen Knien ab, um wieder zu Atem zu kommen.

„Wir sind den halben Weg gerannt", brachte er atemlos hervor.

„Gut..." Madame Durand schaute den Jungen fragend an.

„Tom. Tom Maier", stellte er sich vor.

„Gut, Tom. Wo sind die anderen denn?", fragte Madame Durand.

„Die müssten gleich kommen", antwortete Tom. Wie aufs Stichwort kamen vier weitere Jungen herein.

„Und ihr seid?", begrüßte Madame Durand sie.

„Yannis Karalis", stellte sich der Junge, der sich rechts neben Tom Maier gestellt hatte, vor. Er war wahrscheinlich genauso alt wie Tom, schwarzhaarig, schlacksig, groß und hatte stechend blaue Augen. Außerdem wirkte er etwas überheblich auf Alice. Der kleine, stämmige Junge mit den dunkelbraunen Haaren zu Toms Linken hieß David Cohen. Er unterhielt sich mit zwei völlig identisch aussehenden Jungen, die Alice irgendwie bekannt vorkamen.

„Das sind Kamal und Rajiv Sharma", flüsterte Kelly. „Sind gute Freunde von den Jungs. Die haben schon ziemlich viel Mist zusammen gebaut. Die beiden hatten auch die Idee die Demo direkt vor dem Palast zu machen." Die Demo, natürlich! Jetzt wusste Alice auch woher sie die beiden kannte. Sie hatten ziemlich auffällig Räuber und Gendarm mit den Polizisten gespielt und waren irgendwann einfach in der Menge der anderen Demonstranten verschwunden.

„Ich gehe jetzt nachschauen wo die bleiben", sagte Ella und erhob sich.

„Ist nicht nötig", meinte Kelly und deutete auf die Tür. Max, Balram und Dhiren platzten, ebenfalls schwer atmend, herein.

„Sorry", keuchte Max. „Wir haben uns abhängen lassen und-" Weiter kam er nicht, denn Ella war aufgesprungen, auf ihn zugerannt und ihm um den Hals gefallen.

„Und dann haben wir das Zimmer nicht gefunden", fügte Dhiren hinzu und betrachtete grinsend seinen besten Freund, der etwas hilflos Ellas Rücken tätschelte.

„Wir ihr seht wurdet ihr auch schon vermisst", sagte Madame Durand lächelnd. „Also sucht euch einen Platz aus, damit wir anfangen können." Ella dirigierte Max zu einem Platz in ihrer Nähe. Und als Madame Durand mit dem Unterricht begann, konnte sie sich auch wieder konzentrieren.

Nach Mathe und Französisch hatte Alices neue Klasse Sport. Madame Durand führte sie zum Sportplatz des Internats. Auf dem Weg dorthin erzählten Max und Dhiren wie sie entkommen waren.

„Nach dem Frühstück mussten wir uns melden, damit die Aufpasser kontrollieren konnten, ob alle da sind und keiner fehlt. Danach konnten wir uns zum Aufwärmen eines der Sportangebote unserer Trainer aussuchen. Das mussten wir noch mitmachen, weil wir danach noch einmal kontrolliert werden, um sicher zu gehen, dass keiner von uns einfach wieder ins Bett gegangen ist." Max schnaubte.

„Auf die Idee, dass wir abhauen könnten kommen die gar nicht."

„Ja, die glauben wirklich wir wären auch von ihren Ansichten überzeugt", fügte Dhiren hinzu und verdrehte die Augen.

„Auf jeden Fall", fuhr er dann Max´ Erzählung fort, „haben wir einen unbewachten Ausgang gesucht. Gar nicht so einfach das zu tun, ohne dabei aufzufallen. Wir haben einen solchen Ausgang dann zum Glück auch gefunden."

„Und welcher war das?", fragte May neugierig. Dhiren seufzte.

„Das Klo vom Obergeneral."

„Ihr seid durch Kumars Klo abgehauen?!", wiederholte Alice ungläubig. Dhiren nickte.

„Und ich muss sagen, dass Kumar ein echter Saubär ist. Ausführen möchte ich das jetzt allerdings nicht", fügte er hinzu und verzog das Gesicht. Kelly und May lachten und auch Alice musste grinsen.

Madame Durand hatte den Schülern zum Aufwärmen einen kleinen Parkour aufgebaut. Alice und ihre Klasse mussten einen Hürdenlauf machen, über einen dünnen Balken balancieren, einen Basketball um Pylonen dribbeln und mit diesem dann noch einen Stapel von fünf Pylonen auf einem Kasten abzuräumen und am Schluss noch einen Endspurt in Form eines hundert Meter Sprints hinlegen. Alice war danach schon fast erschöpft und ihren Mitschülern schien es ähnlich zu gehen.

„Boah, das gibt Muskelkater", meinte Max.

„Ja, hoffentlich merkt unser Trainer das nicht", sagte Balram und schüttelte seine Beine aus.

„Wieso sollte der das merken?", fragte May.

„Wir haben abends noch einmal Lauftraining", antwortete Dhiren und stöhnte. Die Zwillinge taten ihre Probleme ebenfalls lautstark kund:

„Das überlebe ich nicht. Mein Ar-"

„Ist ja wirklich interessant, Rajiv", unterbrach Madame Durand ihn. „Aber ich glaube du wirst dein Hinterteil auch morgen im Unterricht ohne Probleme nutzen können." Alice und May prusteten los. Die Zwillinge grinsten breit. Madame Durand wandte sich an die Klasse und sagte:

„Heute wird Fußball gespielt. Mädchen gegen Jungen, auf geht's!" Balrams Hand schoss in die Höhe.

„Madame, finden Sie das nicht ein wenig unfair?", fragte er. Madame Durand runzelte die Stirn.

„Unfair? Wieso?"

„Naja, Jungs gegen Mädchen… also ich finde das nicht fair. Wäre gemischt nicht besser?"

„Keine Sorge, Balram", mischte Ella sich ein und lächelte ihn freundlich an. „Wir schaffen das schon."

„Ja, das weiß ich", entgegnete Balram. „Deshalb frage ich ja." Ella grinste.

„Wird schon schiefgehen. Wir Mädchen spielen fair." Balram verzog das Gesicht.

„Das letzte Mal als du das gesagt hast, hast du mir kurz darauf deinen Basketball mit voller Wucht ins Gesicht geworfen."

„Balram, damals waren wir sieben", sagte Ella und verdrehte die Augen. „Und außerdem wollte ich nicht dich treffen, sondern Max", fügte sie hinzu. Max öffnete empört den Mund, doch Madame Durand war schneller:

„Wir fangen jetzt an! Und die Teams bleiben so wie sie sind. Nächste Woche machen wir sowieso was anderes. May, Ella und Kelly haben sich nämlich bereit erklärt euch Fechten und Judo beizubringen." Alice zog erstaunt die Augenbrauen hoch. Sie wusste, dass Ells Judo machte, aber dass Kelly und May fechten konnten, wusste sie nicht.

„Nach der Stunde könnt ihr den dreien sagen in welche Gruppe ihr wollt, damit sie sich darauf vorbereiten könnten", fuhr Madame Durand fort, als aufgeregtes Getuschel ausbrach.

„Aber jetzt spielen wir endlich Fußball. Los!"

Die Cousine aus England

Dadurch, dass sie heimlich zur Schule ging, fühlte Alice sich wenigstens nicht komplett nutzlos. Trotzdem wurmte es sie, dass sie nicht mehr tun konnte. Sie konnte nicht einmal das Grab ihrer Mutter besuchen, weil Ajeet dort sicher Beschatter aufgestellt hatte, die nur darauf warteten, dass Alice so dumm war und dorthin kam. Doch den Gefallen würde sie ihrem Onkel nicht tun.

Mala konnte Alice allerdings besuchen und das tat sie auch so oft sie konnte. Leider wollte Mala wieder einmal nichts von Alice wissen, weil sie sie einfach in den Privatzoo von Mays Tante abgeschoben hatte.

„Wir können dich auch freilassen", hatte Alice bereits des Öfteren vorgeschlagen, doch davon wollte Mala auch nichts wissen. Sie wollte einfach generell nichts von Alice wissen. Trotzdem besuchte Alice sie jeden Tag, weil sie das Gefühl hatte, dass Malas Stimmung sich mit jedem Besuch besserte. Gestern hatte Mala sogar das Fleisch genommen, dass Alice ihr mitgebracht hatte.

Die Jungen erschienen wirklich jeden Tag zum Unterricht und jedes Mal hatten sie einen anderen Ausgang gefunden.

„Das senkt das Risiko, dass wir erwischt werden", erklärte Max am Freitag in Sport.

„Und die anderen Jungs verpfeifen euch nicht?", fragte Ella.

„Nö, die merken das auch nicht. Und die, die das merken sind die, die sich auch gerne trauen würden abzuhauen. Und die finden uns cool, also verpfeifen die uns auch nicht."

„Sag mal, Aleika, warum hast du dich noch nicht gemeldet, zu wem von uns du jetzt willst?", wollte Kelly wissen. Alice zuckte die Achseln.

„Ich dachte ich könnte mit meinem Bogen trainieren." Kelly zog die Augenbrauen hoch.

„Du beherrschst den doch schon perfekt, was muss du da noch trainieren?"

„Ach weißt du", entgegnete Alice und lächelte grimmig. „Ich wäre einfach gerne noch perfekter, sollte ich mal auf Ajeet oder Kumar treffen."

„Wie, du willst den König killen?", mischte Balram sich ein.

„Ja, wieso nicht?", erwiderte Alice.

„Ich glaube das ist keine gute Idee, Aleika", sagte Dhiren.

„Doch, das glaube ich schon", antwortete Alice kühl. „Ich meine, der ist doch auch nicht davor zurückgeschreckt den König umzubringen!"

„Ja, das ist richtig, aber er wurde dafür ja auch ins Exil geschickt", gab May zu bedenken.

„Wo er auch immer noch sein sollte. Aber er ist wieder da und verwandelt ein einigermaßen friedliches Zusammenleben der Menschen im Dorf und in der Stadt in eine Schreckensherrschaft! Er ist ein Mörder!"

„Aleika, der König hat die Todesstrafe für einen Mord an ihm oder Kumar angeordnet! Und ich will ehrlich gesagt nicht, dass du hingerichtet wirst", meinte Ella.

„Jaja, die Betonung lag ja auch auf SOLLTE ich Ajeet und Kumar einmal treffen. Es wird wahrscheinlich eh nicht passieren. Glaub mir, ich bin nicht scharf auf ein Treffen mit den beiden."

„Apropos", sagte Max, der sich bei dem Gespräch bisher zurückgehalten hatte. „Der König hat angeordnet, dass alle verdächtigen Haushalte nach der Prinzessin durchsucht werden. Bei der Direktorin der Mädcheninternatsschule und dem ehemaligen Kindermädchen der Prinzessin war er schon. Gefunden hat man nichts, aber die beiden Frauen wurden trotzdem verhaftet, weil der König glaubt, dass sie wissen wo die Prinzessin ist. Oder zumindest, WER die Prinzessin ist. Allerdings schweigen beide bisher eisern..." Er brach ab. Ella, May und Kelly starrten ihn entgeistert an und Alice hatte das Gefühl als hätte ihr Magen sich gerade dazu entschieden, ihr Frühstück doch nicht haben zu wollen.

„Auf jeden Fall", fuhr Max schnell fort, „werden die höchstwahrscheinlich auch demnächst bei uns auf der Matte stehen. Weil die Prinzessin doch bei euch auf der Schule sein soll", fügte er auf Ellas geschocktes Gesicht hinzu.

„Das heißt er wird auch bei Kelly und mir suchen lassen?", fragte May. Max nickte.

„Er wird die komplette Mädchenschule durchsuchen. Ohne Ausnahme." Alice und Ella wechselten einen Blick mit Kelly und May.

„Ähm, Leute mir geht es irgendwie nicht so gut", meinte May plötzlich und presste sich die Hand auf ihren Bauch. „Ich glaube ich muss mal zur Toilette."

„Ich begleite dich", sagte Alice sofort.

„Ich komme auch mit", beschloss Ella, die den Wink natürlich auch sofort verstanden hatte.

„Jungs, sagt ihr bitte Madame Durand Bescheid, dass wir nachkommen?", fragte Kelly und schloss sich Alice, Ella und May an.

„Wie, ihr geht zu viert aufs Klo?", fragte Balram verständnislos. May presste ihre Hand noch fester auf den Bauch und verzog gequält das Gesicht.

„Du siehst doch, dass es ihr nicht gut geht", entgegnete Ella.

„Ja, aber da reicht doch Eine, die mitkommt, oder nicht?"

„Sagt doch einfach Bescheid", rief Alice aufgebracht.

„Jaja, schon gut", brummte Balram. „Wir sagen, dass ihr nachkommt."

„Danke", flötete Kelly und hakte May bei sich unter.

Als die Mädchen im Klo waren und sich versichert hatten, dass sie nicht belauscht wurden, meinte May:

„Wir haben ein Problem." Ella nickte.

„Was machen wir denn jetzt?", fragte sie.

„Hmm, Alice könnte sagen, dass ihre Eltern auf einer Reise sind und so bald auch nicht zurückkommen und sie deshalb bei Ella unterkommt", schlug Kelly vor. Sie blickte Alice abwartend an.

„Klingt super", murmelte Alice.

„Was ist los?", erkundigte sich Ella besorgt.

„Ich frage mich, wie es Mia und Amrita geht", erwiderte Alice seufzend.

„Ja, das kann ich verstehen. Aber gerade ist es wichtiger, zu überlegen, wie wir das Problem mit den Hausdurchsuchungen für dich lösen können. Also, was haltet ihr von Kellys Vorschlag?", fragte sie in die Runde.

„An sich keine schlechte Idee", warf May ein. „Aber die werden sicher fragen wie Alices Eltern heißen und du musst zugeben, dass es schon sehr verdächtig ist, dass beide Eltern nicht da sind. Dann werden sie wahrscheinlich ein Foto von den Eltern haben wollen."

„Ja, da könntest du Recht haben", sagte Ella nachdenklich.

„Aber wie soll sie sonst erklären warum sie bei mir und nicht bei ihren Eltern wohnt?" May zuckte die Achseln.

„Wir könnten sagen, dass sie meine Cousine aus England ist und für ein halbes Jahr bei uns wohnt, weil deine Eltern eine Kreuzfahrt machen. Was haltet ihr davon?"

„Ja, so könnten wir es machen", stimmte Alice der Idee zu.

„Und was ist mit Aleika Dalal? Ist doch verdächtig, wenn sie verschwindet und an ihrer Stelle Ellas Cousine aus England plötzlich auftaucht", gab May zu bedenken. „Außerdem gibt es doch Fotos von Aleika."

„Nein, gibt es nicht", widersprach Alice. „Ich war auf den Klassenfotos nie drauf und kurz vor Schließung der Schule hat Amrita meine Schulakte vernichtet. Aleika Dalal gibt es nicht mehr."

„Trotzdem…", murmelte May und verschränkte die Arme vor der Brust.

„Hast du denn eine bessere Idee?", fragte Kelly. May seufzte. „Nein, leider nicht."

„Na dann machen wir es so", entschied Alice. May seufzte erneut und nickte.

Alice war in den nächsten Tagen sehr nervös. Die Hausdurchsuchungen hatten begonnen, doch natürlich war noch nichts dabei herausgekommen. Ellas Eltern und ihr Onkel wurden von Ella und Alice sofort in den Plan mit der Geschichte von der Cousine aus England eingeweiht. Ellas Mutter versuchte Alice zu beruhigen, doch es half nicht. Alice wurde von Tag zu Tag nervöser. Einmal war sie sogar kurz davor gewesen einfach ihre Sachen zu packen und sich wieder in der Höhle am Meer zu verstecken, doch Ella konnte sie davon überzeugen zu bleiben.

„Was, wenn sie dich erwischen? Dann hast du noch ein größeres Problem."

„Wenn sie hinter die Lüge mit der Cousine kommen, auch."

„Ja, aber sie bewachen alle Ausgänge aus der Stadt und den Dörfern. Du kämst überhaupt nicht an ihnen vorbei!" Zu ihrem Missmut musste Alice Ella zustimmen und so blieb sie bei den Carsons. In der Schule war sie noch nervöser. Bei Yasmin und Ling wurden die Häuser bereits durchsucht.

„Die haben alles durchwühlt. Als ob sich die Prinzessin in meinem Schuhregal verstecken würde", erzählte Yasmin verächtlich.

„Ja, bei mir haben sie auch das ganze Haus durchsucht. Sogar in unserem Kachelofen haben sie nachgesehen", entrüstete sich Ling und fügte hinzu: „Ich hoffe sie finden die Prinzessin nicht. Sonst haben wir wahrscheinlich gar keine Chance jemals wieder eine gerechte Regierung zu bekommen." Darauf brachte Alice sogar ein schwaches Lächeln zustande.

Am Samstag war es dann soweit. Alice und Ella waren allein zu Hause, weil Ellas Onkel, Mutter und Vater Max abholen gefahren waren, und hatten aus Langeweile beschlossen einen Kuchen zu backen und sich dabei eine wilde Teigschlacht geliefert, als es auf einmal an der Tür klingelte. Ella warf einen Blick aus dem Küchenfenster und stöhnte auf.

„Na super. Genau dann, wenn wir alleine zu Hause sind!" Alice stellte sich neben Ella und schaute ebenfalls unauffällig aus dem Fenster. Vor dem Gartentor standen zwei Polizisten. Einen von ihnen erkannte Alice als den, den Mala vor mehreren Wochen aus s Garten vertrieben hatte.

„Komm, ich glaube es ist besser, wenn wir sie nicht draußen warten lassen", meinte Ella und zog Alice zur Haustür. Sie öffnete und fragte freundlich:

„Ja bitte?" Der Polizist aus Mias Garten trat vor.

„Amir Khan", stellte er sich vor und deutete auf seinen Kollegen. „Und das ist mein Kollege Aziz. Und wer bist du?", fragte er und schaute Alice an. „Soweit uns bekannt ist wohnt in diesem Haushalt nur ein Mädchen."

„Das ist meine Cousine Mary aus England", sagte Ella. Khan zog die Augenbrauen hoch.

„Cousine…", wiederholte er und musterte Alice. „Könnt ihr das auch beweisen?"

„Ja, Moment", sagte Ella und verschwand im Haus. Kurz darauf kam sie wieder und hielt den Polizisten ein kleines Kärtchen entgegen.

„Marys Reisepass", erklärte sie. Alice musste sich ein Grinsen verkneifen. Den Reisepass hatte sie nämlich erst gestern mit Ella und Kelly gebastelt. Kelly hatte den Stempel besorgt und Ella den Pass und das Foto. Alice war ziemlich überrascht gewesen, weil sie sich nicht vorstellen konnte wie die beiden das geschafft hatten.

Die Polizisten warfen einen kurzen Blick auf den Pass und nickten dann.

„In Ordnung. Wir müssen aber trotzdem das Haus durchsuchen."

„Einen Moment noch", sagte Ella und bedeutete den Polizisten zu warten. Dann stieß sie einen durchdringenden Pfiff aus und ein Bellen aus dem Garten war zu hören. Black Beauty kam angeschossen und kam hechelnd vor Ella zum Stehen. Als sie die Polizisten sah, stieß sie ein dunkles Knurren aus. Khan und Aziz wurden sofort zehn Zentimeter kleiner.

„Also dann, gehen Sie ruhig ihrer Pflicht nach", meinte Ella und lächelte breit.

„Ähm, ja genau…ihr wartet hier. Und k-könntest du vielleicht deinen Hund zurücknehmen?", fragte Aziz und warf Black Beauty nervöse Blickte zu.

„Natürlich", entgegnete Ella freundlich und packte ihre Hündin am Halsband. „Aber bitte machen Sie nichts kaputt. Ich glaube Sie könnten sich den Schaden, der entstehen würde, nicht leisten." Die Polizisten nickten und betraten das Haus. Sie würden es nicht wagen die teuren Vasen von Ellas Mutter auch nur anzusehen, da war sich Alice sicher. Alice hörte Türen auf und zugehen und nach zehn Minuten erschienen die beiden Polizisten wieder an der Tür.

„Ihr könnt von Glück reden, dass wir hier keine Prinzessin gefunden haben", sagte Khan. Black Beauty knurrte.

„Ja, also dann gehen wir auch mal wieder", fügte Aziz hinzu. Die beiden Polizisten verließen schon fast fluchtartig das Grundstück. Alice atmete erleichtert auf.

„Es war eine gute Idee Black Beauty auf die Polizisten loszulassen", meinte sie und grinste. „So haben sie nicht wirklich weiter auf mich geachtet. Sonst hätten sie nämlich auch meine Kette gesehen." Ella nickte.

„Ja, wir hatten wirklich noch einmal Glück gehabt", sagte sie und strich Black Beauty über den Kopf.

Als Ellas Eltern und ihr Onkel John mit Max nach Hause kamen war der Kuchen schon fertig und der Tisch bereits gedeckt. Als alle am Tisch saßen und ein Stück Kuchen vor sich auf dem Teller hatten erzählte Ella von dem Besuch der Polizisten.

„Oh man", sagte Max. „Ich bin manchmal echt froh, dass du dir den Dobermann ausgesucht hast, Ella, und nicht diesen hässlichen Königspudel." Ella grinste leicht.

„Ich fand beide süß, aber ich dachte mir ein Dobermann könnte mich besser beschützen als ein Pudel."

„Das habt ihr wirklich gut gemacht", lobte Ellas Onkel und ihre Eltern nickten zustimmend. Alice konnte das Lächeln, das Ella ihr zuwarf, nur schwach erwidern. Mit dieser Aktion hatten die Carsons wieder einmal ihr Leben aufs Spiel gesetzt, nur um ihres zu beschützen.

„Hey, wird schon alles gut gehen", meinte Ella, als hätte sie Alices Gedanken gelesen. Alice nickte und bemühte sich um ein überzeugenderes Lächeln.

Am Sonntag kamen May, Kelly, Dhiren und Balram vorbei. Da es draußen regnete hatten die Freunde beschlossen einen Filmenachmittag zu machen. Alice, Kelly und Balram machten das Popcorn und May und Dhiren machten eine selbstgemachte Himbeerlimonade, während Ella und Max sich im Wohnzimmer stritten, weil keiner von beiden genau wusste wie man auf dem Fernseher Filme auslieh.

„Mein Gott, die nerven vielleicht", rief May plötzlich und stampfte ins Wohnzimmer. Kurz darauf war es still und May kam zurück. „So, jetzt hoffe ich die beiden einigen sich auf einen guten Film, ohne sich dabei die Augen auszukratzen", sagte sie genervt.

„Ja, Geschwister können manchmal echt nerven", meinte Balram. „Aleika, ich wette du bist manchmal schon froh, dass du Einzelkind bist, was?"

Alice ließ die Gläser, die sie gerade aus dem Regal geholt hatte, fallen und starrte Balram an, unfähig zu antworten. Ihr Brustkorb zog sich zusammen und schnürte ihr die Luft ab. Warum musste Balram auch ausgerechnet ihr diese Frage stellen? Mit zitternden Händen nahm sich Alice die Kehrschaufel und den Handbesen aus der Kiste mit den Putzutensilien hinter der Küchentür und begann die Scherben aufzukehren. Es war still geworden in der Küche und auch im Wohnzimmer, wo Ella und Max tatsächlich wieder zu streiten begonnen hatten.

„Habe ich etwas falsches gesagt?", fragte Balram schließlich vorsichtig. Alice antwortete nicht und nahm eine etwas größere Scherbe in die Hand, die sie mit dem Besen einfach nicht auf die Schaufel bekam.

„Warte, ich helfe dir", bot Balram an und kniete sich neben Alice auf den Boden.

„Nein, lass es", erwiderte Alice schärfer als beabsichtigt.

Balram stand wieder auf.

„Gut", sagte er und schaute Alice mit zusammengezogenen Augenbrauen an. „Aber dann sag mir bitte einfach was dein Problem ist. Denn Ich weiß ja nicht, ob das so ein Mädchending ist uns Jungs aus euren Tuscheleien auszuschließen und euch andauernd solche komischen Blicke zuzuwerfen, oder ob ich das falsch interpretiere, aber ihr gebt uns die ganze Zeit das Gefühl als hättet ihr ein total wichtiges Geheimnis." Alice spürte einen brennenden Schmerz an ihrer Handinnenfläche. Sie hatte überhaupt nicht gemerkt, dass sie ihre Faust immer fester um die Scherbe geschlossen hatte. Wütend funkelte sie Balram an. Balram erwiderte ihren Blick nicht minder wütend.

„Was ist denn hier los?" Alice wandte ihren Blick von Balram ab. Ella und Max standen im Türrahmen.

„Wir haben etwas klirren gehört. Ist etwas-" Max brach ab, als er Alice in dem Scherbenhaufen stehen sah.

„Aleika, du blutest ja", rief Dhiren erschrocken und deutete auf Alices Hand. Alices beachtete ihn nicht und begann wieder die Scherben auf zukehren.

„Kann mir mal jemand erklären was hier los ist?", fragte Ella ungeduldig.

„Balram hat etwas gesagt...", begann Kelly zögernd.

„Ja, und ich verstehe immer noch nicht was daran falsch ist, weil es mir ja niemand erklärt", schrie Balram schon fast.

„Was hat er denn gesagt?", wollte Max wissen. Alice richtete sich langsam auf.

„Er hat gesagt, dass Geschwister nerven können und ob Aleika nicht froh wäre, dass sie keine hätte", erklärte Kelly und blickte Balram vorwurfsvoll an.

„Also ehrlich gesagt verstehe ich Aleika auch nicht so ganz", mischte Dhiren sich ein. „Es war doch eine ganz normale Frage."

„Genau", stimmte Balram ihm zu. „Kann mir denn jetzt endlich jemand erklären was ich falsch gemacht habe?"

„Später vielleicht", murmelte Alice. „Jetzt brauche ich erst einmal frische Luft." Sie verließ die Küche und mied die Blicke der anderen. Dass die keine Regenjacke mitgenommen hatte, merkte sie erst, als sie schon fast die Innenstadt erreicht hatte. Eigentlich wollte Alice gar nicht so weit in die Stadt hinein, doch sie war so sehr in ihren Gedanken über ihre Eltern und Akaash versunken gewesen, dass sie überhaupt nicht gemerkt hatte, wohin sie lief. Eine laute Stimme hatte sie jedoch aus ihren Gedanken gerissen. Sie gehörte einem Polizisten, der eine lautstarke Auseinandersetzung mit einer älteren Dame hatte. Die Frau wirkte eingeschüchtert und umklammerte fest ihren Gehstock. Der Polizist trat gegen den Stock und die Frau stolperte. Alice sah sich um. Es waren mehrere Leute in der Nähe, doch niemand schien der Dame helfen zu wollen. Die ältere Frau bückte sich nach ihrem Stock, verlor dabei allerdings das Gleichgewicht und landete unsanft auf der Seite. Alice eilte zu ihr und half ihr hoch. Sie nahm den Stock der Dame und reichte ihn ihr.

„Alles in Ordnung?", fragte Alice.

„Und was fällt Ihnen eigentlich ein eine ältere Dame so zu behandeln?", wandte sie sich dann an den Polizisten. „Haben Sie denn überhaupt keinen Respekt vor dem Alter?"

„Die Frau stand im Weg", entgegnete der Polizist kühl. Alice starrte ihn ungläubig an.

„Bitte?! Und was hätten Sie getan, wenn ich nicht gekommen wäre? Die Frau verprügelt, oder was?"

„Zügle dein Vorlautes Mundwerk, junge Dame", sagte der Polizist scharf. Alice schnaubte.

„Das haben Sie doch nur gemacht, weil sie eine Frau ist. Bei einem älteren Herren hätten Sie sich das doch niemals getraut, habe ich Recht? Ich wette Sie sind froh, dass Prinz Ajeet sich jetzt als König bezeichnet. Jetzt können Sie unschuldige Menschen wegen jeder Kleinigkeit runter machen, ohne dafür in Ihre Schranken gewiesen zu werden!" Der Polizist ballte seine Hand zu einer Faust und bevor Alice realisierte, was er vorhatte, traf seine Faust sie mitten im Gesicht. Alice spürte einen brennenden Schmerz dort, wo ihre Nase hässlich geknackt hatte.

„Ach, einfach zuschlagen, wenn Ihnen die Meinung gesagt wird, was?", rief Alice wütend und hielt sich die Nase.

„Erbärmlich." Der Polizist ballte erneut seine Hand zu einer Faust und sein nächster Schlag traf Alice hart an der Schläfe. Alice taumelte rückwärts und stolperte über einen Bordstein. Sie landete äußerst unsanft auf dem Rücken und blieb benommen liegen. Nur verschwommen nahm sie wahr, dass nun mehrere Passanten auf sie und den Polizisten aufmerksam geworden waren und nun auf den Polizisten losgingen. Der Polizist gab klein bei und verdünnisierte sich. Alice schloss die Augen. Nicht nur ihre Schläfe pochte, sonder auch ihr Hinterkopf und ihr Steißbein schmerzte ebenfalls. Alice hörte, dass mehrere fremde Leute mit ihr redeten, doch sie verstand kein Wort. Doch plötzlich drang eine ihr bekannte Stimme zu ihr durch und sie zwang sich die Augen zu öffnen. Ella stand über ihr und musterte sie besorgt.

„Hey, ist alles in Ordnung?", fragte sie und streckte Alice die Hand entgegen. Alice ergriff sie und ließ sich von Ella hochziehen.

„Was ist passiert?", fragte Ella.

„Hab ´nem Polizisten die Meinung gesagt", murmelte Alice und winkte der älteren Dame noch einmal zu, bevor sie sich von Ella mitziehen ließ. Ob ihre Mum auf so eine Aktion ihrer Tochter stolz gewesen wäre?

Die Black Warriors

Auf dem Rückweg wollte Ella genau wissen was passiert war und als Alice es ihr erzählte, schimpfte sie so laut über „diese Pfeife von einem Polizisten", wie sie ihn nannte, dass sich mehrere Passanten zu den beiden Mädchen umdrehten. Alice war das allerdings ziemlich egal. Ihr Hinterkopf und ihre Schläfe pochten unangenehm, ihre Nase brannte und ihr Steißbein tat bei jedem Schritt weh. Wahrscheinlich galten die meisten komischen Blicke sogar ihr.

„Ach ja, Balram will übrigens immer noch wissen was vorhin mit dir los war", sagte Ella plötzlich.

„Ich kann es ihm gerne erklären", murmelte Alice. Ella starrte sie entgeistert an.

„Es ihm erklären? Aber dann weiß er, wer du bist!"

„Ella, dieser Depp hat mir nur die Nase gebrochen, ich habe nicht den Verstand verloren", erwiderte Alice kühl.

„Aber denkst du wirklich es ist eine gute Idee?", fragte Ella vorsichtig.

„Ja, ich denke schon."

„Aber-"

„Ella, meinem Onkel ist es egal, ob Balram weiß wer ich bin oder nicht, solange er den Beweis hat, dass Balram mit mir

zusammen war. Denkst du dann nicht es wäre vielleicht besser
es ihm und Dhiren zu sagen, damit sie wissen woran sie sind?"
Ella schwieg.

Als Alice und Ella zurückkamen, war Ellas Mutter ebenfalls da.
„Max hat mich angerufen und mir erzählt, dass- Um Himmels
Willen", rief sie aus, als sie Alice sah. „Kind, wie siehst du
denn aus? Und bist du etwa ohne Jacke rausgegangen? Ab aufs
Sofa", befahl sie.

„Ich hole dir eine Decke und dann kümmere ich mich um deine
Nase." Alice ließ sich von Ella ins Wohnzimmer begleiten, wo
Kelly, Max, May, Balram und Dhiren auf dem Sofa saßen und
warteten. Als Ella und Alice jedoch hereinkamen, sprangen
May und Kelly auf.

„Was ist passiert?", fragte Kelly und betrachtete besorgt Alices
Gesicht.

„Kleine Auseinandersetzung mit einem Polizisten", antwortete
Alice knapp. Kelly zog die Augenbrauen hoch.

„Sonst hätte er eine ältere Dame verprügelt", meinte Alice
achselzuckend.

„Alice, leg dich hin", sagte Ella streng und klang dabei fast wie
ihre Mutter. „Oder zieh dir lieber erst einmal etwas trockenes
an", fügte sie hinzu.

Nachdem Alice das getan und sich aufs Sofa gelegt hatte, kam
Ellas Mutter mit einer Tasse Tee und Jod ins Wohnzimmer.

„Mensch, wie ist denn das passiert?", fragte sie, während sie Alices Nase mit Jod betupfte. Alice begann die Geschichte noch einmal zu erklären. Gerade, als sie fertig war, spürte sie erneut einen brennenden Schmerz und ihre Nase knackte wieder. Sie schrie auf.

„So, fertig", sagte Ellas Mutter und stand auf. „Das musste ich machen", fügte sie erklärend hinzu. „Sonst wäre deine Nase nicht mehr gerade verheilt." Alice nickte.

„Danke", sagte sie und lächelte. Ellas Mutter erwiderte das Lächeln strahlend.

„Mum, würdest du uns bitte alleine lassen?", bat Ella. Ellas Mutter nickte und verließ das Wohnzimmer.

„Aleika, es tut mir leid", sagte Balram. „Ich wollte dir mit meiner Frage nicht zu nahe treten."

„Ist schon ok. Du konntest es ja vorher nicht wissen. Es ist nämlich so…" Sie zögerte und sah zu Ella. Diese nickte ihr aufmunternd zu. Alice holte tief Luft und fuhr fort:

„Ich weiß ganz genau wie es ist einen kleinen nervigen Bruder zu haben. Ich weiß aber auch wie es ist, ihn nicht zu haben." Sie stockte. Ihr Hals fühlte sich wie zugeschnürt an, als sie versuchte die aufkommenden Tränen zurückzuhalten und machte es ihr so unmöglich weiterzureden.

„Was meinst du damit?", fragte Balram. Ella erhob sich von ihrem Platz am Boden und setzte sich neben Alice aufs Sofa. Sie nahm Alices Hand und sagte:

144

„Du musst es nicht erzählen, wenn du es nicht kannst." Alice versuchte etwas zu sagen, doch sie brachte keinen Ton heraus. Stattdessen quollen dicke Tränen aus ihren Augen hervor und tropften auf Ellas Hand. Ella strich Alice mit ihrer freien Hand über den Kopf.

„Nicht schlimm, wenn du noch nicht bereit bist-"

„Er wurde erschossen", würgte Alice hervor. Dhiren und Balram schauten sie erschrocken an, doch Alice ging es irgendwie besser. Zwar fiel es ihr immer noch schwer zu reden, weil immer mehr Tränen kamen, doch sie erzählte trotzdem weiter:

„Ich war damals erst sechs. Mein Bruder war vier. Wir haben gerade verstecken gespielt und mein Dad hat zugesehen. Ich kann mich nicht mehr so genau daran erinnern, aber ich weiß noch, dass mein Dad meinen Bruder in Sicherheit bringen wollte. Hat aber nicht mehr viel gebracht. Mein Onkel hat meinen Bruder trotzdem erwischt. Ich saß die ganze Zeit in meinem Versteck und habe zugesehen wie mein Onkel die beiden erschossen hat. Erst als meine Mum kam und meinen Onkel festnehmen ließ, habe ich mich raus getraut. Ich wünschte ich ich wäre dazwischen gegangen", sagte Alice bitter. „Dann wäre ich wahrscheinlich auch tot, aber vielleicht hätte ich sie auch retten können. Habe ich aber nicht. Weil ich feige bin."

„Trainierst du deshalb Bogenschießen?", fragte Balram leise.

„Weil du dich an deinem Onkel rächen willst?"

„Nein", antwortete Alice kalt und sah Balram an. „Ich bin ja nicht so wie er. Ja, ich habe gesagt, ich hätte kein Problem damit, ihn umzubringen", fügte sie hinzu, als Balram den Mund öffnete, um etwas zu sagen. „Aber das habe ich nur so gesagt."

„Also ich finde nicht, dass du feige bist", meldete Dhiren sich zu Wort. Alice sah zu ihm. Dhiren wurde rot und murmelte: „Ich meine du stellst dich ja immerhin gegen deinen Onkel, indem du zur Schule gehst. Wenn wir auffliegen hast du auf jeden Fall mehr Probleme als wir. Und es ist auf jeden Fall riskanter für dich heimlich zur Schule zu gehen, als dich irgendwo, wo es sicher ist, zu verstecken." Alice lächelte schwach.

„Naja, ich bin jedenfalls froh, dass wir jetzt keine Geheimnisse mehr voreinander haben", meinte Balram. „Aber wie soll ich dich denn jetzt eigentlich nennen? Prinzessin? Eure Hoheit? Oder-"

„Auf gar keinen Fall!", unterbrach Alice ihn lachend. Es machte sie glücklich, dass sich Balram und Dhiren nicht von ihr abwandten, dass sie trotz der Gefahr zu Alice hielten und bei ihr blieben.

„Hey, wollen wir den Filmenachmittag jetzt einfach machen?", fragte Ella. May nickte und stand auf.

„Lasst mich einfach mal machen", sagte sie und ging zum Fernseher. Keine zwei Minuten später hatte sie den Film gestartet, den Ella und Max sich ausgesucht hatten.

„Hättet ihr euch darum gekümmert, wäre das heute gar nichts mehr geworden", erklärte sie Max und Ella. Alice grinste, aber auch wenn sie froh war, dass all ihre Freunde nun Bescheid wussten, von dem Tod ihres Bruders zu erzählen ließ alles wieder hochkommen. Von dem Film bekam sie kam etwas mit. Sie versuchte bloß, nicht wieder in Tränen auszubrechen. Vor ihrem geistigen Auge spielte sich alles wieder ab. Erst ihre Mum, dann Akaash und ihr Dad. Alice blinzelte eine Träne weg. Sie versuchte, sich doch noch auf den Film zu konzentrieren und irgendwie bekam sie das auch hin und verdrängte die schrecklichen Bilder fürs Erste.

Am nächsten Morgen wollte Alice unbedingt zum Unterricht. Sie hatte eine sehr lange Diskussion mit Ellas Mutter geführt und war stur geblieben. So hatte sie die Diskussion auch gewonnen. Dank dieser Diskussion kamen Ella und Alice auch zehn Minuten zu spät. Erstaunt stellten sie fest, dass May noch fehlte. Als diese um halb neun ins Klassenzimmer gestürmt kam, rauchte sie vor Wut.

„Was ist passiert?", fragte Kelly und musterte May besorgt.

„Diese Idioten", knurrte May und ließ sich auf ihren Platz fallen.

„Welche Idioten?", hakte Ella nach. May schnaubte.

„Die Black Warriors", rief sie.

„Black Warriors?"

„Ja, die Anhänger von König Ajeet. Die hat er während seiner Zeit im Exil nicht nur hier in Auria, sondern auch international angesammelt und die kommen jetzt nach und nach her. Da ist jetzt immer mindestens einer von ihnen dabei, wenn ein Haus durchsucht wird. Das haben sie mir heute erklärt, während sie unser Haus verwüstet und alle Käfige geöffnet haben."

„Sie haben was?!", rief Kelly schrill.

„Alle Käfige geöffnet. Naja, außer den von Mala vielleicht. Aber unsere Affen und Papageien durften wir wieder einfangen und nach unseren Elefanten sucht meine Tante immer noch."

Ella runzelte die Stirn.

„Nach den Elefanten? Die sind doch aber nicht so schwer zu übersehen, oder?"

„Ja, normalerweise nicht", entgegnete May. „Aber wenn man dort lebt, wo die Elefanten eh frei herumlaufen, dann schon. Ich werde meiner Tante nach der Schule beim Suchen helfen müssen. Das wird ein langer Tag." Sie seufzte.

„Wir können euch ja helfen", schlug Kelly vor.

„Ja, dann kann ich auch nach Mala sehen", fügte Alice hinzu.

Und damit war es abgemacht. Am Nachmittag kamen Alice, Ella und Kelly mit zu May, um ihrer Tante zu helfen. Mays Tante war eine wirklich herzliche Frau. Sie war klein und zierlich und hatte die gleichen Augen wie May. Allerdings waren ihre Haare zu einer schicken Kurzhaarfrisur geschnitten. Sie begrüßte die Mädchen jeweils mit einer Umarmung, die man einer solch zierlichen Frau gar nicht zugetraut hätte.

„Ella, Kelly, schön euch mal wiederzusehen", sagte sie lächelnd.

„Und du musst Mays neue Freundin sein, richtig?" Alice nickte. Mays Tante lächelte und streckte Alice die Hand hin.

„Ich bin Ming, Mays Tante. Und wie heißt du?"

„Alice." Kaum hatte Alice das gesagt, schlug sie sich erschrocken die Hand vor den Mund. Mays Tante lächelte.

„Freut mich, Alice. Wollt ihr noch etwas Essen? Ist aber eher ein Resteessen. Diese Deppen, die sich die Black Warriors nennen, haben in ihrem Eifer nämlich meine Einkäufe niedergetrampelte, dich ich vom Vortag noch in der Küche gelagert hatte. Ich konnte alles wegschmeißen. Und ich bin heute noch nicht einmal dazu gekommen noch einmal einkaufen zu gehen." Sie seufzte resigniert.

„Wir können einkaufen gehen", schlug Alice vor.

„Würdet ihr das wirklich tun?"

„Klar", sagte Alice und Kelly nickte zustimmend. Mays Tante umarmte die beiden erneut so fest, dass sie ihnen fast die Rippen brach.

„Ihr seid wirklich toll, Mädchen", strahlte sie und reichte Alice einen Einkaufszettel, Geld und eine große Tasche. Kelly gab sie auch eine Tasche.

„Die werdet ihr beide brauchen", meinte sie. „In der Innenstadt ist ein asiatischer Supermarkt. Und direkt daneben ein gewöhnlicher. Ich brauche Lebensmittel aus beiden." Alice nickte und verließ mit Kelly das Haus.

In der Innenstadt war ungewöhnlich wenig los. Sowohl als Alice und Kelly die Supermärkte betraten, als auch als sie die Läden wieder verließen. Fast keiner trieb sich auf den Straßen herum oder bummelte ein wenig vor den Schaufenstern.

„Was ist denn hier los?", fragte Kelly. Alice zuckte die Achseln. Doch keine Minute später bekamen sie die Antwort. Eine Gruppe bewaffneter Polizisten marschierte durch die Straße, angeführt von zwei Männern in schwarzen Lederjacken. Einen davon erkannte Alice sofort. Es war Kumar.

„Was machen die da?", rief Kelly entsetzt, als die Männer plötzlich in den asiatischen Supermarkt stürmten. Von drinnen war ein Schrei zu hören, dann zerbrach etwas. Kelly und Alice sahen sich an und rannten hinein. Das Chaos, das die Polizisten dort gerade veranstalteten, würde den armen Inhaber sicher um Wochen zurückwerfen. Der Mann war auch schon ganz verzweifelt.

„Meine Herren, ich bitte Sie", rief er. „Lassen sie doch wenigstens meine Ware in Ruhe!" Die Polizisten achteten nicht auf ihn, während Kumar und der andere Mann mit ihren schwarzen Lederjacken, auf die hinten ein Adler und die große Aufschrift BLACK WARRIORS aufgedruckt war, den älteren Herrn beiseiteschoben und ins Lager verschwanden. Der Mann traute sich nicht einmal ihnen zu folgen, aus Sorge die Polizisten könnten seinen Laden komplett zerstören.

„Entschuldigung", rief Alice laut. Die Polizisten hielten inne.

150

„Ich habe mich nur gefragt, ob sie noch länger brauchen mit Ihrem… was auch immer Sie da tun."

„Können Sie das überhaupt bezahlen?", fragte Kelly und runzelte die Stirn.

„Bezahlen?", wiederholte einer der Polizisten und lachte. Es war der Polizist von gestern, der fast die ältere Dame verprügelt hätte.

„Du schon wieder", stellte er fest, als er Alice sah. Alice verschränkte die Arme vor der Brust.

„Kommt Prinz Ajeet für den Schaden auf, den Sie hier machen, oder warum können sie sich ein solches Chaos leisten?" Der Polizist lachte laut auf.

„Mädchen, dem König gehört das ganze Land. Dieser Laden gehört ihm auch. Er darf damit also machen was er will." Alice runzelte die Stirn.

„So, darf er das? Ich sehe das leider ein bisschen anders, wissen Sie-" Kelly stieß Alice ihren Ellbogen in die Seite.

„Was sie sagen will ist, dass es nicht gerade die feine Art ist und-"

„Die Königin hätte so etwas nie gemacht", unterbrach Alie Kelly.

„Die Königin ist tot." Alice wirbelte herum. Kumar kam aus dem Lager und musterte Alice abschätzig. Alice funkelte ihn zornig an, doch Kelly warf ihr einen warnenden Blick zu und sie sagte nichts.

„Männer, gehen wir, hier ist sie nicht", sagte Kumar und marschierte aus dem Laden. Die Polizisten folgten ihm. Alice sah ihnen wütend nach.

„Ich wünschte ich hätte meinen Bogen dabei", murmelte sie. Kelly legte ihr beruhigend die Hand auf die Schulter.

„Reg dich nicht auf. Die sind es nicht wert." Alice seufzte.

„Gehen wir einfach. Ist bei Ihnen alles in Ordnung?", wandte sie sich an den Ladeninhaber. Der ältere Mann nickte.

„Sicher?", hakte Kelly nach.

„Sollen wir Ihnen vielleicht beim Aufräumen helfen?", bot sie an.

„Nein, geht ruhig. Du siehst sowieso nicht sonderlich gut aus, Mädchen. Vielleicht solltest du dich ein wenig hinlegen", sagte er zu Alice.

„Mir geht es gut", winkte Alice ab. „Sind Sie sicher, dass Sie keine Hilfe brauchen?" Der Mann nickte lächelnd.

„Na los, geht schon."

„Gut, dann noch viel Glück und hoffentlich ist noch etwas zu retten", verabschiedete Kelly sich und zog Alice aus dem Laden. Die beiden nahmen die Einkäufe und machten sich auf den Rückweg.

„Wie kann man nur so rücksichtslos sein?", empörte Ella sich, als Alice und Kelly ihr und May von ihrem Erlebnis berichtet hatten. Die Mädchen saßen in Malas Gehege. Alice war an

152

Mala gelehnt, was Mala sich zum ersten Mal mal wieder gefallen ließ.

„Ich finde das auch eine Unverschämtheit", meinte May. „Aber Alice, du musst vorsichtig sein. Wenn du auf Kumar losgehst oder dich wieder mit der Polizei anlegst, bist du in ihrem Visier. Ich an deiner Stelle würde das nicht riskieren." Alice nickte. Sie wusste, dass May Recht hatte und es war sinnlos sich deswegen mit ihr zu streiten, doch sie wusste auch, dass sie ihrem Onkel irgendwann entgegentreten und gegen ihn kämpfen würde.

Die Vorladung

Alice hatte von Ellas Onkel ein Fotoalbum geschenkt bekommen, das nur Fotos von ihr und Akaash enthielt. Alice, wie sie mit zwei Jahren ihren kleinen Bruder zu füttern versuchte, obwohl sie selbst überall Kartoffelbrei hatte, Akaash, der in seiner Wiege lag und friedlich schlief. Und wieder Akaash und Alice, weil Alice ihn auf dem nächsten Foto scheinbar unsanft aus dem Schlaf riss, denn Akaash wirkte nicht gerade glücklich. Auf den folgenden Fotos waren Alice und Akaash schon älter. Alice war vier und Akaash zwei. Die beiden erkundeten gemeinsam den Garten des Palasts. Alice hatte ihren Bruder an der Hand und zog ihn durch das fein säuberlich angelegte Beet. Ellas Onkel sah den beiden zu, wirkte dabei aber eher belustigt als streng. Auf den letzten Fotos waren Alice und Akaash vier und sechs Jahre alt. Akaash hatte einen pinken Sari an, während Alice sein blaues Kurta trug. Beide grinsten frech in die Kamera. Alice kamen die Tränen. Sie konnte sich noch an so vieles erinnern, das sie mit ihrem Bruder gemacht und erlebt hatte. Sie waren in die große Speisekammer eingebrochen und hatten alles mögliche mitgehen lassen. Am nächsten Morgen wurde das natürlich sofort bemerkt. Alices Mutter hatte der Schlag getroffen, als sie sah, dass anstatt der Kuscheltiere Salamis, Fladenbrot, Käse, Marmelade und der Pudding, den Alices Oma extra aus England mitgebracht hatte, auf ihren Betten verteilt lagen.

Alices Vater hatte sich vor lachen kaum mehr eingekriegt, was Alices Mutter überhaupt nicht gut fand, weil sie Alice und Akaash eigentlich schimpfen wollte. Doch die beiden hatten ihre Mutter natürlich nicht mehr ernst genommen und mit ihrem Vater gelacht. Seit diesem Vorfall wurde die Speisekammer mit einem Vorhängeschloss gesichert, dessen Schlüssel die Köchin Tag und Nacht um den Hals trug. Doch Alice und Akaash war noch viel mehr Unsinn eingefallen. Einmal hatte Alice den Make-up Koffer ihrer Mutter stibitzt und Akaash in eine hübsche Lady verwandelt. Von Mia hatte Alice sogar noch eine Perücke bekommen, die sie Akaash aufgesetzt hatte. Das Ergebnis hatten sie ihren Eltern dann stolz mitten in einem wichtigen Verhandlungstreffen mit irgendwelchen wichtigen Leuten aus Indien präsentiert. Die wichtigen Leute waren sofort in lautes Gelächter ausgebrochen. Alices Eltern mussten auch lachen, allerdings erst im Nachhinein. Denn vor den wichtigen Leuten war ihnen das Verhalten ihrer Kinder höchst unangenehm. Alice aber fand das neun Jahre später immer noch lustig, auch wenn dies vielleicht nicht die beste Idee war, Akaash als Thronfolger zu präsentieren. Denn dafür waren die wichtigen Leute ja auch gekommen. Und sie hatten Akaash versichert, dass sie in Zukunft wirklich gerne Geschäfte mit ihm machen wollten. Das hatte Akaash natürlich nicht verstanden, doch dass die Männer ihn lustig fanden, dass hatte er gemerkt und so wollte er das immer wieder wiederholen. Leider war er beim zweiten Mal mitten in einen Streit zwischen Ajeet und seinem Vater geplatzt und nach der Standpauke, die er dafür erhalten hatte, hatte er die Lust daran wohl verloren.

Alice klappte das Album zu. Die Erinnerungen an Akaashs Tod und seine Beerdigung waren plötzlich wieder da und das so stark, dass ihr schlecht wurde.

„Ist alles in Ordnung?" Alice zuckte zusammen. Sie hatte überhaupt nicht bemerkt, dass Ella ins Zimmer gekommen war. Ella musterte sie besorgt. Alice zwang sich zu einem Lächeln und nickte. Ella wirkte nicht überzeugt.

„Es geht schon, wirklich", beteuerte Alice und erhob sich.

„Was wollen wir machen?"

„Putzen", antwortete Ella trocken. „Meine Eltern kommen in vier Stunden wieder und die Küche sieht aus wie ein Saustall. Wir haben gestern wohl doch etwas übertrieben", fügte sie leicht grinsend hinzu. Alice nickte. Das hatten sie wohl. Denn als Ella und Alice die Küche betraten erstreckte sich vor ihnen ein regelrechtes Schlachtfeld: Ei klebte auf der Anrichte, Mehl war auf dem Boden, die Milch war Ella und Alice umgekippt und die Kuchenform und die Rührschüssel standen immer noch eingeweicht im Waschbecken. Ella seufzte.

„Packen wir´s an", meinte sie und schnappte sich einen Lappen. Alice hatte noch von niemandem gehört, der beim Saubermachen ein noch größeres Chaos veranstaltet hatte, als es vorher der Fall war, doch sie und Ella hatten es geschafft.

Als Ella nämlich anfing den Boden zu putzen, fiel ihr der Eimer mit dem Wasser um und nun stand die Küche unter Wasser.

„Na super", stöhnte Ella genervt auf. „Jetzt können wir das auch noch aufwischen."

Eine Stunde später stellten Alice und Ella erschöpft das Putzzeug weg.

„Geschafft", sagte Ella und atmete erleichtert aus. Sie sah auf die Uhr. „Und meine Eltern kommen auch erst in einer Stunde wieder. Oh, da fällt mir ein ich muss noch mit Black Beauty spazieren gehen. Willst du mit?" Alice zuckte die Achseln und nickte.

Als die Mädchen das Haus verließen, schaute Ella noch kurz in den Briefkasten und zog zwei Briefe heraus.

„Die sind ja an uns adressiert", sagte sie und zog die Augenbrauen hoch. Sie reichte einen der Briefe Alice. Alice öffnete ihren und begann zu lesen:

Sehr geehrte Miss Carson,

Sie und ihre Cousine stehen im Verdacht zumindest entfernt etwas mit der Prinzessin zu tun zu haben. Deshalb werden sie für den 15.1.2020 um 15:30 zum Verhör vorgeladen. Sollten Sie nicht erscheinen sehen wir das als Schuldgeständnis und Sie wären damit verhaftet.

Grüße,

Alok Kumar, persönlicher Assistent und engster Vertrauter des Königs

Schnaubend knüllte Alice den Brief zusammen.

„Was bilden die sich eigentlich ein?", rief sie aufgebracht.
„Glauben die ernsthaft, dass dieses Verhör etwas bringt?" Ella
sah sie besorgt an.

„Was?", fragte Aice.

„Du gehst da doch hin, oder?"

„Jaah, mal sehen", antwortete Alice ausweichend.

„Alice, bitte. Ich will nicht, dass du noch mehr in ihr Visier
gerätst."

„Jaja, schon gut. Ich gehe hin", murmelte Alice. „Dann kann
ich Kumar wenigstens in sein hässliches Geiergesicht
schlagen", fügte sie grimmig hinzu. Ella blickte sie entsetzt an.
Alice seufzte.

„Gut, dann werde ich eben nur seine dummen Fragen
beantworten und sonst nichts. Jetzt zufrieden?" Ella nickte
langsam.

„Komm, gehen wir", sagte Alice und packte Ella am Arm.
Nach einer Dreiviertelstunde begann es zu regnen, doch davon
ließen die Mädchen sich nicht beeindrucken. Und Black Beauty
auch nicht. Die Hündin begann wie ein kleines Kind durch
Pfützen zu springen und sich in der nassen Wiese zu wälzen.
„Manchmal wäre ich auch gerne ein Hund", meinte Ella, ohne
den Blick von ihrer Hündin abzuwenden.

„Warum das denn?", fragte Alice überrascht.

„Ich hätte keine anderen Sorgen außer Fressen, Schlafen und
das Geschäft zu verrichten."

„Ja, und du hättest Flöhe oder Würmer", gab Alice zu bedenken. Ella grinste.

„Stimmt. Außerdem müsste ich auf jemanden hören. Und ich glaube das könnte ich nicht." Alice lächelte. Warum war ihr nie vorher aufgefallen wie ähnlich sie und Ella sich in manchen Punkten waren? Lag es vielleicht daran, dass sie sich nicht ausstehen konnten? Weil sie sich eigentlich nicht wirklich voneinander unterschieden? Alice lachte auf.

„Was ist?" Ella schaute sie irritiert an.

„Nichts", sagte Alice schnell. „Ich habe nur gerade festgestellt, dass wir schon viel früher hätten Freunde werden können." Ella nickte.

„Ja, da hast du Recht. Aber wir hatten wohl beide Vorurteile. Wir hielten einander für eingebildete Zicken, obwohl wir uns ein Zimmer geteilt haben. Oh man, wir hätten uns echt eine Menge Streit ersparen können. Wie auch immer, wollen wir zurück?" Alice nickte.

Beim Abendessen zeigte Ella ihren Eltern den Brief.

„Die scheinen uns immer noch nicht so ganz zu glauben", meinte sie. Ellas Mutter las sich stirnrunzelnd den Brief durch.

„Der 15. Januar ist ja schon in zwei Wochen", rief sie. Sie sah Alice an. „Hast du auch einen Brief bekommen?"

„Jaah", sagte Alice, zog den Brief aus ihrer Tasche und warf die Papierkugel Black Beauty zu. Sie fing die Kugel mit dem Maul auf und begann darauf herumzukauen. Ellas Mutter zog die Augenbrauen hoch.

„Keine Sorge, ich habe ihn vorher gelesen", sagte Alice.

„Und wann bist du vorgeladen?"

„Auch am 15. Januar und halb vier", antwortete Alice.

„Und du wirst auch erscheinen?", fragte Ellas Mutter scharf.

„Ja!", rief Alice aufgebracht. „Warum zweifeln denn alle daran? Aber Kumar braucht nicht zu glauben, dass ich mich mit ihm unterhalte." Ella seufzte.

„Reiß dich bitte zusammen, ja?"

„Wird schwer. Weißt du, seine Visage erinnert mich immer an die Geier aus dem Dschungelbuch." Ella kicherte.

„Meinst du, er hat den Film angeschaut?"

„Nein, sonst wäre er depressiv geworden."

„Wieso denn das?"

„Naja, weil er dann festgestellt hätte, dass er hässlicher ist, als er dachte." Ella grinste.

„Sag ihm das ja nicht beim Verhör."

„Ich werd´s versuchen", entgegnete Alice.

Am nächsten Morgen auf dem Schulweg redeten die Mädchen über die Briefe. Kelly und May hatten natürlich auch einen bekommen.

„Als ob dieses Verhör etwas bringen wird", sagte Kelly verächtlich. „Ich meine, wir sind die Einzigen, die wissen wer Alice wirklich ist und ich weiß, dass keine von uns etwas sagen wird. Was wollen die also bewirken mit diesen Verhören?"

„Naja, die können ja nicht wissen, dass diese Verhöre nichts bringen werden", gab May zu bedenken. „Die denken wahrscheinlich, dass wenn sie einen nur ordentlich einschüchtern, sie die Infos bekommen werden, die sie haben wollen."

„Ich werde mich ganz sicher nicht einschüchtern lassen", sagte Alice.

Wie sich herausstellte hatten alle aus Alices Klasse eine Vorladung bekommen.

„Was erwarten die denn von mir zu hören?", rief Ling Mai und schaute verächtlich auf ihren Brief. „Dass ich die Prinzessin in meiner Kommode verstecke oder was?" Alice lachte hohl auf. Dass die anderen es nicht ernst nahmen, beunruhigte sie jetzt doch. Sie musste an Mays Worte denken. Ajeet wusste ja schließlich nicht wer log. Welche Methoden würde er anwenden, um die Leute zum Reden zu bringen? Würde er von den geheimen Unterrichtsstunden erfahren? Hoffentlich nicht!

„Hey Al!" Balram beugte sich zu ihr. „Schau mal, ich habe auch eine Vorladung bekommen", sagte er und zeigte Alice grinsend den Brief.

„Was ist daran jetzt so witzig?", fragte Alice kühl. Für die Jungs stand eindeutig mehr auf dem Spiel als für die Mädchen. Sie waren tot, wenn Ajeet erfuhr, dass sie den Wehrdienst schwänzten. Und das wortwörtlich. Ajeet machte Ernst, das hatte Alice schon zweimal schmerzlich erfahren müssen.

„Hey, warum denn so ernst? Du machst dir doch nicht etwa Sorgen, oder?" Balram riss Alice aus ihren Gedanken.

„Sorgen? Nein, wieso sollte ich? Hängt ja nur euer Leben davon ab, ob ihr überzeugend genug lügt oder nicht", entgegnete Alice sarkastisch. Balram verdrehte die Augen.

„Wir kriegen das schon hin, glaub mir." Alice gab ein undefiniertes Grunzen von sich. Es gefiel ihr nicht, dass die anderen das alles nicht so ernst nahmen. Sie tat das auch nicht, aber das war etwas anderes. Um sie ging es schließlich. Sie musste für sich selbst lügen und es gefiel ihr nicht, dass andere sich so ein Verhör antun mussten wegen ihr.

„Wird bestimmt nicht so schlimm", flüsterte Ella, als hätte sie Alices Gedanken gelesen. Alice antwortete nicht. Sie hatte nicht erwartet, dass so viele zu diesem dämlichen Verhör vorgeladen waren.

„Hey, jetzt mach dich doch nicht verrückt. Wird schon schiefgehen", meinte Kelly und lächelte Alice beruhigend an. Alice seufzte.

„Denkt ihr Mia und Amrita geht es gut?", fragte sie leise.

„Deinem Kindermädchen? Bestimmt. Mein Onkel sagt sie hätte dir und deinem Bruder immer ordentlich die Leviten gelesen, wenn ihr Mist gebaut habt. Und wie die Direktorin drauf ist müsstest du ja besser beurteilen können als ich, aber ich denke ihr geht es auch gut. Sie kam mir immer ziemlich stark und streng vor. Würde mich nicht wundern, wenn die beiden ihre Wächter erst einmal ordentlich erziehen würden. Und ich wette damit wären sie dann ziemlich beschäftigt. Und vielleicht nehmen sie sich bei der Gelegenheit auch gleich den König und Kumar vor?" Alice grinste leicht. Sie konnte sich das sogar ziemlich gut vorstellten. Mia hatte das Verhalten von Ajeet immer schon zutiefst missbilligt. Amrita sowieso. Sie hasste Ajeet. Und die Meinung wollte sie ihm auch schon immer sagen. Nein, um die beiden musste Alice sich wohl keine großen Sorgen machen.

Zwei Wochen später war es soweit: Alice und Ella hatten ihre Verhöre gleich nacheinander und gingen deshalb zusammen zum Polizeipräsidium. Ella war als erstes dran.

„Wünsch mir Glück", flüsterte sie Alice zu. Alice nickte. Sie hatte plötzlich einen ganz trockenen Mund. Was würden die da drinnen mit Ella anstellen? Nervös begann Alice mit dem Reißverschluss ihrer Jacke zu spielen. Auf einmal war von drinnen ein wütender Aufschrei und ein Krachen zu hören. Alice zuckte zusammen. Was machten die da drinnen? Besorgt lauschte sie jetzt jedem Geräusch. Jemand brüllte etwas und Alice erkannte Kumars Stimme. Sie hörte wie Ella ruhig antwortete, verstand allerdings nicht, was. Dann hörte sie Ella aufschreien. Sie wollte aufspringen und nachsehen, was in dem Raum gerade passierte, doch ein Polizist hielt sie zurück.

„Lass mich los", zischte Alice. Der Polizist deutete stumm auf den Stuhl, auf dem Alice bis eben noch gesessen hatte.

„Hinsetzen", befahl er. Alice riss sich los und setzte sich wieder hin. Doch keine zwei Sekunden später ging die Tür auf und Ella kam heraus. Alice sprang auf.

„Alles in Ordnung?", fragte sie besorgt. Ella nickte und drehte ihren Kopf weg.

„Hey, was hast du da?", fragte Alice scharf und drehte Ellas Gesicht zu sich. Ellas linkes Auge war gerötet.

„Haben die dir etwa aufs Auge geschlagen?", rief Alice aufgebracht. Ella zuckte die Achseln. Alice ballte ihre Hände zu Fäusten.

„Dieser-"

„Mary Carson", rief Kumar.

„Geh", flüsterte Ella und schob Alice ins Verhörzimmer. Kumar und Khan saßen an einem Tisch. „Setzen", befahl Kumar und deutete auf den Stuhl ihm gegenüber. Alice setzte sich. Sie musterte Kumar. Wut und unbändiger Hass kochten in ihr auf wenn sie sich vorstellte, dass er an dem Tod ihrer Familie beteiligt, ja vielleicht sogar der Mörder ihrer Mutter gewesen war. Unwillkürlich ballte sie wieder ihre Hände zu Fäusten.

„Hast du mir zugehört?", riss Kumar sie aus ihren Gedanken. Alice blinzelte verwirrt.

„Was?", fragte sie. Kumar zog die Augenbrauen zusammen.

„Ich habe etwas gefragt", sagte er kühl.

„Ja, tut mir leid", entgegnete Alice. „Könnten Sie die Frage vielleicht wiederholen?" Kumar blickte sie einige Augenblicke finster an, dann sagte er:

„Uns ist aufgefallen, dass bestimme Kadetten von uns regelmäßig verschwinden und dann wiederkommen. Die Betroffenen haben auch Vorladungen bekommen und werden befragt. Weißt du etwas darüber?"

„Nein." Kumar zog die Augenbrauen hoch.

„Die Antwort kam aber schnell. Bist du dir sicher?"

„Ja, bin ich. Ich bin hergekommen, um die Ferien bei meiner Cousine zu verbringen, sonst nichts." „Du weißt also nichts über irgendwelche illegalen Treffen oder dergleichen?"

„Nein." Kumar beugte sich vor.

„Das glaube ich dir aber nicht", sagte er.

„Hm, das ist blöd", erwiderte Alice. „Ist das jetzt ein Problem für mich?" Kumar beugte sich weiter vor.

„Ja, das ist es", bestätigte er und rammte, ohne Vorwarnung seinen angespitzten Bleistift in Alices Handrücken. Alice zuckte zusammen und unterdrückte einen Aufschrei. Kumar stach erneut zu. „Du sagst mir jetzt besser alles was du weißt, haben wir uns verstanden?", zischte er. Alice nickte. Kumar lehnte sich zurück.

„Also, was weißt du über irgendwelche illegalen Treffen?"

„Nichts", gab Alice zurück. Kumar schlug mit seiner Faust auf den Tisch und brüllte:

„SAG DIE WAHRHEIT, ICH VERLIERE LANGSAM DIE GEDULD!" Alice verschränkte die Arme vor der Brust.

„Ich sage die Wahrheit", entgegnete sie kühl. „Glauben Sie es mir oder lassen Sie es bleiben." Kumar sah sie wieder einige Augenblicke eindringlich an, dann sagte er:

„Gut, du kannst gehen." Alice stand auf und ging zur Tür. Plötzlich rief Kumar:

„Stopp!" Alice erstarrte und drehte sich langsam um. Kumar kniff die Augen zusammen. „Sag mal, bist du nicht das Mädchen, dass mich in den Knast gebracht hat?" Alice atmete erleichtert auf.

„Nein, da müssen Sie mich wohl verwechseln", antwortete sie.

„Hm", machte Kumar. Alice drehte sich wieder zur Tür und verließ schnell den Raum. Ella wartete draußen auf sie.

„Geht es dir gut?", fragte sie sofort. Alice nickte. „Und welche Taktik hat er bei dir angewendet?", wollte Ella wissen. Alice zeigte ihr ihren Handrücken, der mit lauter blutenden Pünktchen übersät war. Ella schnappte nach Luft und öffnete den Mund, um etwas zu sagen, doch Alice winkte ab.

„Ist schon gut", meinte sie. „Gehen wir einfach." Sie zog Ella mit nach draußen und als sie sich außer Hörweite zu sein glaubte, erklärte sie:

„Ich bin froh, dass ich so glimpflich davongekommen bin. Kumar hat mich nämlich gefragt, ob ich die war, die ihn in den Knast gebracht hat." Ella zog scharf die Luft ein.

„Du hast natürlich mit Nein geantwortet, oder?"

„Klar. Was denkst du denn? Fiel mir aber schwer. Ich hätte es ihm wirklich gerne auf die Nase gebunden."

„Hast du aber nicht. Und das ist auch gut so, denn dann hättest du erklären müssen warum du in der Schule warst und vor allem was du nachts draußen mit Pfeil und Bogen bewaffnet machst."

„Und genau deshalb habe ich es nicht gemacht. Gehen wir jetzt?" Ella nickte und sie machten sich auf den Heimweg.

Ella und Alice waren nicht die Einzigen, die verhört worden waren. Den Jungen, Kelly und May stand das Verhör noch bevor, doch Tom Maier, Ling Mai und Yannis Karalis mussten bereits dieselbe Prozedur über sich ergehen lassen wie Alice und Ella. Auch sie hatten Verletzungen: Tom hatte eine Platzwunde an der Stirn, Ling mehrere Striemen am Rücken (die hatte sie Nina gezeigt und sie sahen wirklich nicht schön aus) und Auf Yannis´ Arm hatte Kumar sogar eine Zigarette ausgedrückt.

„War es schlimm?", fragte Kelly und schaute Alice und Ella mitfühlend an.

„Ja, und wie", erwiderte Alice. „Es war der Horror, Kumar gegenüber zu sitzen und ihm nicht eine reinhauen zu dürfen." Kelly lächelte kurz, wurde dann aber wieder ernst.

„Er hat dir mit einem Bleistift in die Hand gestochen. Zeig mal", forderte sie. Alice zeigte ihr ihre linke Hand. Kelly wechselte einen Blick mit May.

„Hey, das schafft ihr schon", sagte Ella und lächelte ihre Freundinnen aufmunternd an. Alices Magen zog sich zusammen. Das war nur wegen ihr. Nur wegen ihr hatten ihre Freunde diese Probleme und mussten sich das alles antun. Wenn sie sich einfach stellte hätte das ein Ende…

In den nächsten Tagen und Wochen wurden auch David Cohen, Yasmin Aziz, Sina Jari, Balram, Kelly und May verhört und erschienen mit verschiedenen Verletzungen in der Schule. May hatte Schnittwunden an den Armen und Kelly mehrere blaue Flecken.

„Ich fühle mich schrecklich", seufzte Alice und meinte es so. Kelly legte ihr die Hand auf den Arm.

„Das kann ich mir vorstellen", meinte sie und lächelte verständnisvoll. Plötzlich setzte sich David zu ihnen.

„Hey Mädels", grüßte er grinsend. „Ihr wurdet auch schon verhört, oder? Und, was wurdet ihr gefragt? Also ich habe ja gar nicht erst geantwortet", prahlte er. „Und das war der Preis dafür." Er zog seinen Ärmel hoch und zeigte einen tiefen Schnitt, der sich von seinem Unterarm fast bis zu seiner Schulter zog.

„Ihr habt euch aber auch ziemlich tapfer geschlagen. Ziemlich cool für Mädchen." Alice sprang auf.

„Du scheinst das ja ziemlich witzig zu finden, was?", fauchte sie. „Aber es gibt auch welche, die das nicht tun, die unter all dem hier leiden. Schon mal daran gedacht wie die Prinzessin sich fühlt? Dass ihr Leben jeden Moment enden könnte, sobald sie auffliegt und dass sie es vielleicht nicht so toll findet, dass manche ihr Leben riskieren, nur um ihr zu helfen? Nein, oder? Tja, solange man davon nicht betroffen ist und das alles nur für einen riesengroßen Spaß hält, ist das kein Wunder." Sie hielt inne in der Klasse war es totenstill geworden. Alle starrten sie an. Davids Mund stand leicht offen. Er war offensichtlich verwirrt.

„Ach egal, vergesst es", murmelte Alice. „Ich muss mal raus an die frische Luft", sagte sie an ihre Freundinnen gewandt und verließ fluchtartig das Klassenzimmer.

Alice lief zu dem Versteck bei den Mülltonnen, wo sie sich auf eine der Tonnen setzte. Machten die anderen sich denn überhaupt keine Gedanken? Nicht einmal ein bisschen darum wie es ihr gehen könnte mit all dem? Ganz in ihr Selbstmitleid versunken merkte Alice zuerst gar nicht, wie sich drei Personen neben sie gesellten. Erst, als sich eine Hand auf ihre Schulter legte, schreckte sie auf. Ella, May und Kelly waren ihr gefolgt.

„So schlimm?", fragte Ella leise.

„Ich konnte nicht einmal bei der Beerdigung meiner Mum dabei sein." Alice sah ihre Freundinnen nicht an.

„Alice, wir wissen natürlich nicht wie du dich fühlst", begann Kelly. Alice sah auf.

„Und es bringt sicherlich nicht wirklich was, wenn wir sagen, es würde alles wieder gut werden, aber wir wollen dir trotzdem helfen", fuhr May fort. „Vielleicht kannst du uns ja sagen was wir besser machen können…" Alice zwang sich zu einem Lächeln.

„Ihr und die Jungs seid meine ersten und einzigen Freunde und ich bin wirklich froh, euch zu haben. Euch, Amrita und Mia zu haben ist der einzige Grund für mich, zu kämpfen. Der einzige Grund mich nicht zu stellen und Ajeet gewinnen zu lassen." Sie stand auf.

„Gehen wir wieder rein?", fragte Ella.

„Warte", sagte May und deutete auf die Straße. Ein großer schwarzer Bus mit verspiegelten Scheiben parkte vor der Schule. Als die Beifahrertür sich öffnete stockte Alice der Atem. Die Person, die aus dem Auto ausgestiegen war, war Alok Kumar.

Aufgeflogen

Erschrocken blickten die Mädchen sich an. Was wollte Kumar hier? War etwa etwas durchgesickert? Kumar öffnete die Schiebetür des Busses und ein Dutzend Black Warriors stieg aus.

„Hier muss es sein", hörten sie Kumar sagen. „Los, vorwärts!" Er und die Black Warriors stürmten in das Gebäude. Alice schaute ihre Freundinnen geschockt an, unfähig etwas zu sagen. Ella, Kelly und May schien es genauso zu gehen. Aus dem Gebäude waren Schreie zu hören und Ella löste sich aus ihrer Starre.

„Max ist da noch drin", rief sie und wollte losrennen, doch May hielt sie zurück.

„Warte", sagte sie. „Es wäre unklug da jetzt rein zu gehen."

„Aber mein Bruder ist da drin", fauchte Ella aufgebracht. „Wir müssen da rein." May schüttelte den Kopf.

„Du kannst ihm besser helfen, wenn du hierbleibst und abwartest-"

„ABWARTEST?!", wiederholte Ella fassungslos.

„May hat Recht", sagte Alice leise. Ellas sah zu ihr. Mit ihren grünen Augen schien sie Alice zu durchbohren. „Wir werden Max und die anderen befreien, aber nicht jetzt. Sonst sind wir vermutlich tot." Ella wirkte nicht überzeugt.

„Ihr musstet mich auch mehrmals vor Dummheiten bewahren, weil mein kopfloses Handeln niemanden weitergebracht hätte.

Ella, ich weiß wie es sich anfühlt jemanden zu verlieren und ich will nicht, dass Max und deine Eltern dieselbe Erfahrung machen müssen. Ich will auch nicht, dass Max und den anderen etwas passiert und deshalb müssen wir uns jetzt einen richtig guten Plan überlegen, um sie zu retten. Ok?" Ella sah aus, als fände sie das alles andere als ok, doch sie nickte. Alice atmete erleichtert auf.

„Gut, dann lasst uns von hier verschwinden, bevor die noch auf die Idee kommen das Schulgelände abzusuchen", meinte Kelly.

Die Mädchen gingen vorerst zu May, weil sie am nächsten war. Außerdem wollte Ella nicht nach Hause. Sie fühlte sich schuldig und hatte Angst, dass ihre Eltern ihr auch die Schuld dafür geben würde, dass sie Max nicht hatte helfen können. Das war völliger Mist, das wusste Alice. Doch Ella wollte einfach nicht nach Hause. Mays Tante konnte sie nicht einmal dazu bringen, zu Hause anzurufen und zu sagen, dass es ihr gut ging. Am Mittag verabschiedete sie sich auf eine dreitägige Reise, weil sie einen neuen Papagei aus Indien abholen wollte.

Gegen Nachmittag kam ein Zeitungsbote mit einer Expressausgabe der Tageszeitung. Alice schlug mit einem unguten Gefühl die Titelseite auf und ihr sprang sofort die Schlagzeile ins Auge:
ILLEGALE VEREINIGUNG AUFGEFLOGEN
Alice las vor:

„Heute Vormittag konnten Dank eines Hinweises dreizehn Schüler und ihre Lehrerin festgenommen werden, da sie illegaler Weise zur Schule gingen. Sie wurden überrascht, als sie gerade Mathematik hatten-"

„Die tun ja gerade so, als hätten wir ein schweres Verbrechen begangen", rief May aufgebracht. „Dabei sind wir einfach nur zur Schule gegangen!" Alice nickte zustimmend und las weiter: *„Acht der Schüler gehören der Jugendarmee des Königs an und müssen mit Konsequenzen rechnen, genau wie die Mädchen und die Lehrerin. Die Konsequenzen sehen wie folgt aus: Die Jungen werden mit sofortiger Wirkung vollständig in die Armee eingezogen und werden auch ihre Familien nicht mehr besuchen, damit sie nicht noch einmal auf die Idee kommen sich einer illegalen Vereinigung anzuschließen. Die Mädchen werden im Palast arbeiten, so hat der König sie persönlich im Auge. Die Lehrerin wird als schuldig angesehen dieses Vorhaben gefördert zu haben und des Hochverrats angeklagt. Dieser zieht die Todesstrafe nach sich. Des weiteren werden..."*

Alice hörte auf zu lesen.

„Das ist ein Albtraum", flüsterte Ella. Sie war kreidebleich im Gesicht. Kelly umarmte sie.

„Wir holen Max und die anderen da wieder raus. Wir schaffen das." Ella murmelte etwas von frischer Luft und verließ die Küche. Kelly wollte ihr hinterher, doch Alice hielt sie zurück.

„Ich glaube sie braucht ihr Ruhe", sagte sie leise. Kelly seufzte.

„Ich mache mir ein wenig Sorgen um sie. Wenn sie schlecht drauf ist neigt sie dazu Mist zu bauen."

„Ja, das stimmt", bestätigte May. „Einmal, da hatte sie Streit mit ihren Eltern und ist von zuhause abgehauen."

„Da ist sie aber nicht die Einzige. Das machen viele, wenn sie sich mit ihren Eltern streiten", meinte Alice. May runzelte die Stirn.

„Mag sein", erwiderte sie. „Aber Ella war damals erst sechs. Zum Glück hat sie den Fehler gemacht, Black Beauty mitzunehmen. Sonst hätte man sie wahrscheinlich nicht so schnell gefunden. Und ein anderes Mal hat sie-"

„Mala raus gelassen." May blinzelte verwirrt.

„Nein, das wollte ich nicht sagen. Eigentlich wollte ich sagen-"

„Nein, sie hat Mala freigelassen", rief Kelly und deutete zum Fenster. Alice fuhr herum. Ella hatte tatsächlich Mala an ihrer Seite und wollte mit ihr das Grundstück verlassen. Alice sprang auf und rannte nach draußen.

Ella hatte mit Mala schon fast das Gartentor erreicht, als Alice sie einholte.

„Ella, was machst du da?", rief sie. Ella drehte sich um.

„Mala und ich werden einen kleinen Ausflug zum Palast unternehmen. Mal sehen was der König davon hält, wenn ein ausgewachsener Tiger alles dort auf den Kopf stellt", antwortete sie.

„Meinst du nicht, es wäre klüger erst einmal einen Plan zu machen wie wir vorgehen?", fragte Alice vorsichtig. Ella schnaubte.

„Ihr könnt gerne einen Plan machen, aber ich werde meinen Bruder jetzt da rausholen, bevor ich ihn vielleicht nie wieder sehe."

„Ja, mach das", stimmte Alice ihr zu. „Wenn du unbedingt sein Leben und das der anderen damit aufs Spiel setzen willst." Sie versuchte Ella so durchdringend wie möglich anzusehen. Ella schaute unschlüssig zum Gartentor. Dann seufzte sie.

„Habt ihr schon Ideen?" Alice schüttelte den Kopf.

„Noch nicht. Aber die mit Mala war schon mal gar nicht so schlecht. Wir könnten sie als Ablenkung vorschicken." Ella nickte abwesend und starrte mit glasigem Blick geradeaus. Kopfschüttelnd brachte Alice Mala in ihr Gehege zurück. Und in diesem Zustand hatte Ella Max befreien wollen…

Alice konnte in dieser Nacht nicht schlafen. Ella, Kelly und May auch nicht und deshalb schlichen die Mädchen sich mit Taschenlampen, Stiften und Papier bewaffnet hinaus in Malas Käfig und machten es sich dort bequem.

„Und? Habt ihr jetzt schon Ideen?", fragte Ella.

„Hast du denn welche?", gab Kelly zurück. Ella verdrehte die Augen und schwieg.

„Also ich fand die Idee, Mala vorzuschicken tatsächlich nicht so schlecht", meinte Alice.

„Als Ablenkung, damit wir reinkommen. Außerdem müssen wir uns die Fluchtwege anschauen."

„Ja, das ist eine gute Idee", stimmte Kelly ihr zu und schrieb es auf. „Und wie ist dein Onkel damals in den Palast gekommen?", wollte sie wissen.

„Er hat den Eingang durch den Tempel genutzt. Das könnten wir natürlich auch machen, aber ich glaube nicht, dass Ajeet den Code so gelassen hat, wie Mum ihn nach Dads und Akaashs Tod eingestellt hat."

„Den kann man knacken", meinte May.

„Und du kannst das?", fragte Kelly. May nickte.

„Gut, dann schreibe ich das auch auf."

„Und was machen wir, wenn wir drinnen sind?", fragte Ella.

„Mach du doch mal einen Vorschlag", gab Kelly zurück. Ella verdrehte die Augen.

„Zwei befreien, zwei geben Rückendeckung."

„Ella und ich werden die anderen befreien", entschied Kelly und schrieb beide Ideen auf. „Bei der Gelegenheit werden wir den anderen vielleicht schon den Plan erklären können. Und sobald wir den Schlüssel haben, sagen wir euch Bescheid. Dann könnt ihr Mala losschicken."

„Und wie bitteschön willst du an die Schlüssel kommen?" May runzelte die Stirn.

„Zu den Wachen gehen und fragen." May lachte auf.

„Guter Witz."

„Das war kein Witz", sagte Kelly trocken. May schaute sie entgeistert an.

„Bist du lebensmüde?", rief sie. Kelly verdrehte die Augen.

„Natürlich werden wir nicht einfach so hingehen und fragen. Wir werden uns schon ein bisschen verkleiden müssen."

„Gut, wie du meinst", schaltete Alice sich ein. „Dann fassen wir mal zusammen: May öffnet uns mit dem Code die Tür, ihr geht rein und sagt uns dann Bescheid, wenn wir Mala rein schicken können und wir kommen dann nach und geben euch Rückendeckung. Geht das klar?" Alice sah die anderen drei an. Kelly, May und Ella nickten.

„Na ist doch super! Jetzt haben wir einen Plan", sagte sie aufmunternd an Ella gewandt. „Und wann führen wir ihn aus?"

„Morgen", beschloss Ella.

„Morgen?!"

„Ja, natürlich! Ich will Max da so früh wie möglich raushaben!"

„Ist gut. Wir kriegen das hin", ging Alice beschwichtigend dazwischen. Mays und Kellys entgeisterte Blicke ignorierte sie. Ella blickte sie dankbar an.

„Gut." Kelly seufzte. „Dann eben morgen. Und wann?"

„Nach dem Mittagessen?", schlug Alice vor.

Kelly seufzte erneut und nickte.

„Bin dabei", schloss May sich an.

„Danke Leute", sagte Ella. Sie brachte jetzt auch ein Lächeln zustande. Alice nickte.

„Wir schaffen das", sagte sie ermutigend, aber mehr zu sich selbst, als zu ihren Freundinnen. Sie wollte es sich nicht mehr anders überlegen.

Die Rettungsaktion

Am nächsten Morgen beim Frühstück gingen die Mädchen ihren Plan noch einmal durch. Alice hatte einen Querschnitt vom Palast gezeichnet und die Fluchtwege markiert. Ella, May und Kelly machten Fotos davon, dann gingen Ella und Kelly sich umziehen.

Fünfzehn Minuten später brachen die Mädchen, mit Staubwedeln, Schwertern, Pfeil und Bogen bewaffnet und Mala an ihrer Seite, auf. Sie mussten ein komisches Bild abgeben, doch um sechs Uhr morgens achtete darauf noch niemand. Zum Glück begegneten die Mädchen auch niemandem.

Nach einer Weile kamen sie am Palast an. Alice musterte die Statue von Ajeet abwertend.

„Der Bildhauer hatte wohl Angst, dass er eine Strafe zu erwarten hat, wenn er Ajeet genauso darstellt wie er eben aussieht", sagte sie. Ella grinste leicht.

„Kommt, weiter." May packte Alice am Arm und zog sie von der Statue weg.

„Warte", rief Alice und riss sich los. Sie nahm einen Pfeil, spannte ihn ein und zielte auf Ajeets Gesicht.

„Alice, das muss doch nicht-"

„Treffer!" Ella und Alice klatschten sich ab. Alice hatte direkt in Ajeets Nasenloch getroffen. „Wenn der Bildhauer auch so

dumm ist und die Nasenlöcher auch tatsächlich aushöhlt…"
Kelly verdrehte die Augen.

„Du solltest deine Pfeile lieber sinnvoll nutzen", schimpfte sie.

„Also ich fand das sehr sinnvoll. Sieht doch viel besser aus jetzt", entgegnete Alice grinsend.

„Wie auch immer, kommt endlich!" May und Kelly zogen Alice und Ella in den Tempel.

„Alice, wo ist diese Tür?", fragte May.

„Kommt mit." Alice führte ihre Freundinnen zu der Tür. „May, du bist dran." May nickte.

„Einen Moment." Sie schloss ihr Handy an und nach drei Minuten hatte sie den Code geknackt. „Na dann mal rein mit euch", sagte sie zu Ella und Kelly.

„Gut, wünscht uns Glück."

„Viel Glück", wünschte Alice. Kelly lächelte kurz, ging dann mit Ella rein und ließ die Tür für Alice und May angelehnt. Alice und May blieben draußen stehen und warteten. Mala gähnte. Für sie war diese Uhrzeit eindeutig zu früh und Alice konnte nur hoffen, dass Mala nicht zu müde war, um bei dem Plan mitzumachen. Plötzlich hörten Alice und May eine laute Stimme durch die Tür:

„Was macht ihr denn hier drinnen?" Alice zuckte zusammen. Mala hob den Kopf. Das war Ajeets Stimme, da war Alice sich ganz sicher.

„W-wir wollten nur putzen", hörte sie Ella antworten.

„Ihr seid aber nicht hier zuständig", fuhr Ajeet sie an. „Los, raus hier!" Schritte entfernten sich, dann wurde es still.

„Hoffentlich geht das gut", seufzte May.

„Wir schaffen das", beruhigte Alice ihre Freundin und klang dabei zuversichtlicher als sie sich eigentlich fühlte. Ungeduldig wartete sie darauf, dass Ella und Kelly sich meldeten.

Nach etwa einer halben Stunde, Ella und Kelly hatten sich immer noch nicht gemeldet, hörten Alice und May plötzlich Schritte. Jemand war in den Tempel gekommen. Hektisch sah Alice sich nach einem Versteck um, da klingelte Mays Handy.

„Perfektes Timing", murmelte May. „Wir können Mala rein schicken." Alice atmete erleichtert aus und öffnete die Verbindungstür.

„Dein Part, Mala", flüsterte sie der Tigerin ins Ohr. „Tob dich ruhig ordentlich aus und lass dich nicht erschießen." Sie gab Mala einen Klaps und als hätte Mala verstanden, trottete sie los. Alice sah sich um. Eine Frau und zwei kleine, sehr aufgedrehte Mädchen hatten den Tempel betreten und beteten. Sie schienen Alice und May gar nicht bemerkt zu haben.

„Warten wir einfach, bis sie weg sind", wisperte May. Alice nickte. Mit angehaltenem Atem beobachteten die beiden die Frau und die Kinder. Diese beendeten zum Glück relativ schnell ihr Gebet und verließen den Tempel wieder. Die Frau war so sehr damit beschäftigt, darauf zu achten, dass ihre Töchter nichts kaputt machten, dass sie May und Alice auch weiterhin nicht bemerkte.

„Das ist ja gerade noch mal gut gegangen", meinte Alice.

„Komm, ich denke Mala hat jetzt genügend Vorsprung." Sie öffnete die Tür und betrat das Schlafzimmer ihrer Eltern. Ajeet hatte erstaunlicher Weise nichts verändert. Er hatte sogar die Fotos von Alice und Akaash stehen gelassen. Alice blieb stehen und betrachtete sie. Sie und Akaash sahen so fröhlich darauf aus…

„Alice, komm weiter", zischte May und zog sie mit sich. Vorsichtig öffneten die Mädchen die Schlafzimmertür und lugten hinaus. Auf einmal war ein lautes Brüllen zu hören.

„Mala ist im Thronsaal", stellte Alice fest.

„Und ist das jetzt gut oder schlecht?", fragte May.

„Gut. Denn zu den Zellen und zu den Kerkern geht es genau in die andere Richtung. Komm." Sie schlüpfte auf den Gang hinaus und bog gleich nach rechts ab. May folgte ihr. So leise sie konnten, rannten sie den Gang entlang, immer geradeaus, wobei sie darauf achteten, dass sie keine Überraschung aus einem der abzweigenden Gänge erwartete.

„Kennst du dich überhaupt noch aus?", fragte May vorsichtig, als der Gang einfach kein Ende nehmen wollte.

„Ja", entgegnete Alice genervt.

„Meinst du, Kelly und Ella haben den Weg auch gefunden?"

„Ja, sonst hätten sie uns ja nicht benachrichtigt."

„Sag mal, Alice, was ist eigentlich, wenn wir deinem Onkel begegnen und er uns erkennt?"

„Dann ist es eh schon egal", meinte Alice und drehte sich so abrupt um, dass May fast in sie hineingelaufen wäre. „Wenn wir meinem Onkel nämlich begegnen und er sieht, dass wir mit seinen Gefangenen abhauen wollen, sind wir sowieso tot."

„Na dann hoffen wir mal, dass alles gut geht, was?" May lachte nervös. Alice nickte und sie gingen weiter.

Nach sieben weiteren Nebengängen erreichten die zwei eine schwere Holztür. Sie war angelehnt.

„Hilf mir mal", befahl Alice und zog an der Tür. Sie wusste, dass die Tür sehr schwer zu öffnen war und dass sogar ihre Mutter manchmal Schwierigkeiten gehabt hatte, sie zu öffnen. Gemeinsam zogen Alice und May an der Tür, die wirklich ziemlich schwer war. Doch nach drei Versuchen hatten May und Alice es geschafft. Die Tür sprang auf. Alice schaute die Treppe nach unten. Von Ella, Kelly und den anderen war noch nichts zu sehen.

„Mensch, wo bleiben die denn? Kann doch nicht so schwer sein, die hier hoch zu bringen", murmelte May.

„Psst", zischte Alice. „Ich glaube, ich höre Stimmen." Sie lauschte. Tatsächlich waren von unten Stimmen zu hören, die näher kamen. Und nach wenigen Momenten sah sie Ella und Kelly die Treppe hoch gerannt kommen. Hinter ihnen Balram, Dhiren, Max, der Rest der Klasse und Madame Durand, sowie

„Amrita, Mia", rief Alice erfreut und fiel ihrem alten Kindermädchen und Amrita um den Hals. Amrita lachte.

„Ihr seid mir ja welche. Brecht einfach in die Höhle des Löwen ein. Wie habt ihr das denn geschafft?"

„Später vielleicht", meinte Alice. „Jetzt müssen wir erst einmal heil hier raus. Es gibt zwei Ausgänge, wir sollten uns aufteilen. Mia, du kennst dich doch noch hier aus, oder? Übernimmst du eine Gruppe? Ihr nehmt den linken Ausgang, ok?" Mia nickte. Sie nahm Yasmin, Ling, Nina, Amrita und Madame Durand mit sich.

„Gut, und ihr anderen kommt mit mir", bestimmte Alice. Sie führte ihre Truppe aus dem Kerker heraus und den Gang, den sie und May schon genommen hatten, weiter nach rechts entlang.

„Ernsthaft? Der geht noch weiter?", rief May.

„Nur noch ein kleines Stück, dann ist da auch schon der Hinter-" Alice stoppte so abrupt, dass Ella in sie hineinlief.

„Hey, was soll- Oh, verdammt!" Fünf Wachen waren wie aus dem Nichts aufgetaucht und kamen auf sie zu. Zwar waren sie höchstens ein Jahr älter als Alice, trugen aber jeder eine Waffe am Gürtel, die sie nun auch zogen und auf Alice und ihre Freunde richteten.

„Alice, was sollen wir jetzt tun?", wisperte Kelly.

„Wir müssen zum anderen Ausgang", sagte Alice. „Los, lauft!" Das ließen sich die anderen nicht zweimal sagen. Alice und Ella rannten voraus.

„Stehen bleiben!", kam es von weit hinter ihnen. Alice sah sich nach hinten um. Die Wachen folgten ihnen nicht mehr. Sie hatten sie abgehängt. Alice rannte schneller. Gleich hatten sie den Ausgang erreicht. Gleich waren sie in Sicherheit...

„Achtung, da kommen noch welche", rief Kelly und sie hatte Recht: Von vorne kamen ebenfalls Wachen auf sie zu. Alice bremste ab.

„Was machen wir denn jetzt?", flüsterte Kelly.

„Hier rein", sagte Alice und stieß die Tür zu ihrer Rechten auf. Sie wusste, dass es riskant war, aber es war der einzige Ausweg...

„Der Thronsaal?!", fragte David entsetzt. „Bist du noch zu retten?"

„Hier gibt es auch einen Ausgang. Der geht zum Schlossgarten raus. Allerdings ist dieser Ausgang etwas... umständlich zu erreichen.", erklärte Alice. Sie drehte sich zu ihren Freunden.

„Ella, hinter den beiden Throns ist eine kleine Tür. Durch die kommt ihr in den Wintergarten. Und durch den kommt ihr raus in den Garten." Stimmen, die lauter wurden, waren zu hören. Hektisch fuhr Alice fort:

„Ihr müsst dann links ums Gebäude herum, dann kommt ihr auf den Hauptplatz vor dem Palast. Ihr wisst schon, da, wo ihr die Demo veranstaltet habt. Bringt die anderen hier raus, Ich halte euch den Rücken frei."

„Allein?! Spinnst du?", rief May.

„May, ich schaffe das schon", entgegnete Alice. „Ich kenne zur Not ein paar Geheimausgänge. Ich komme hier schon raus. Und jetzt los, verschwindet endlich!"

„Wir bleiben bei dir", sagte Kelly entschlossen. Ella und May nickten bekräftigend. Alice seufzte.

„Meinetwegen. Max, Balram, Dhiren, bringt die anderen raus." Max schien die Idee, Ella allein zu lassen, nicht sonderlich zu gefallen, doch er nickte und winkte die anderen mit sich.

„Kommt mit", forderte Alice ihre Freundinnen auf und rannte zur Tür. Sie spähte hinaus. Die Wachen hatten die offene Tür natürlich bemerkt und kamen mit großen Schritten auf den Thronsaal zu. Alice drehte sich zu den Jungs um.

„Beeilt euch", rief sie. Max und Balram hatten die Tür gefunden und winkten die anderen Jungs hindurch. Kaum waren sie durch die Tür verschwunden, kamen die Wachen in den Thronsaal. Und bei ihnen war Alok Kumar! Als er die Mädchen sah, nahm sein Gesicht eine hässliche Mischung aus seiner bereits vorhandenen Dummheit und Wut an. Irgendwie wirkte er so sehr bedrohlich. „Ihr", zischte er und kam auf Alice und May zu.

„Ihr habt unsere Gefangenen befreit! Darauf steht- Moment mal…" Er stutzte und musterte Alice eingehend. „Dich kenne ich doch. Du bist doch die Göre, die mich damals in den Knast gebracht hat", rief er.

„Zu Recht", entgegnete Alice kühl.

„Wie bitte?", knurrte Kumar.

„Sie sind zu Recht verhaftet worden", antwortete Alice. May stieß ihr ihren Ellbogen in die Rippen. „Was denn?", fauchte Alice. „Ich sage doch bloß die Wahrheit! Sie sind ein Mörder,

Kumar. Oder zumindest haben Sie dabei geholfen, drei Menschen umzubringen. Und gerade sind Sie dabei, Ajeet zu helfen die vierte Person auch noch umzubringen. Wie viel bekommen Sie von ihm, wenn Sie ihm die Prinzessin ausliefern? Wie viel zahlt er Ihnen?" Kumar starrte Alice ungläubig an.

„Die Zufriedenheit und Anerkennung des Königs ist der höchste Preis, den man bekommen kann", sagte er, als hätte Alice gerade infrage gestellt, dass die Sonne nur am Tag schien. „Und dafür unterstützen Sie ihn? Dafür verhaften, foltern und töten sie Menschen? Um vielleicht einmal ein bisschen Anerkennung zu bekommen?" Alice schnaubte. „Das ist erbärmlich, wissen Sie? Ich meine, wollen Sie ernsthaft ihr restliches Leben damit verbringen, seine Befehle auszuführen, die Drecksarbeit für ihn zu machen, nur um Anerkennung von ihm zu bekommen? Bezahlt er Sie denn wirklich überhaupt nicht?"

„Natürlich bezahlt er mich, aber das ist mir eben nicht am wichtigsten", rief Kumar aufgebracht. Alice schnaubte erneut und schüttelte den Kopf.

„Ich würde lieber sterben als für ihn zu arbeiten."

„Und genau das wirst du auch", zischte Kumar. „Du und deine Freundinnen, ihr werdet dafür bezahlen einfach so frech hier hereinspaziert gekommen zu sein und die Gefangen befreit zu haben. Festnehmen!"

„Träum weiter, Kumar", murmelte Alice. „Mich bekommst du nicht so schnell." Sie wich zurück und sah sich um. Die Wachen hatten den Ausgang versperrt und sie, Ella, Kelly und May umzingelt. Alice zog einen Pfeil aus ihrem Köcher, spannte ihn ein und richtete ihn auf eine Wache, die von hinten auf Ella zukam. Als die Wache gerade zupacken wollte, schoss Alice den Pfeil ab. Die Wache schrie auf. Alice hatte direkt in die Schulter getroffen. Ella fuhr herum und schlug der Wache sofort ins Gesicht. Damit war der erste Gegner beseitigt. May und Kelly schlugen sich tapfer gegen gleich zwei Wachen und Kumar auf einmal. May schlug einem ihrer Gegner mit dem Schwert in die Kniekehle, sodass dieser mit einem Aufschrei einknickte. Kelly versetzte der Wache, gegen die sie kämpfte, erst einmal einen saftigen Kinnhaken, bevor sie ihm ihr Schwert ins Bein rammte. Nachdem auch diese Wache eingeknickt war, wendeten May und Kelly sich zusammen Kumar zu. Dieser hatte eine Pistole gezogen und richtete sie auf Kelly und May.

„Waffen fallen lassen und Hände hoch", befahl er. „Das gilt auch für euch", wandte er sich an Alice und Ella. Ella nahm sofort die Hände hoch. Alice zögerte.

„Na los, wird's bald?", schrie Kumar.

„Warten Sie", sagte Alice ruhig. „Ich habe ein Angebot für Sie."

Der Aufstieg des Adlers

„Angebot?", wiederholte Kumar. „Welches Angebot denn bitte?" Alice überlegte. Sollte sie es wirklich machen? Womöglich war dann nämlich alles aus. Gab es vielleicht eine andere Lösung? Sie sah zu ihren Freundinnen. Kumar hielt immer noch seine Waffe auf May und Kelly gerichtet und eine der Wachen hatte Ella gepackt und bedrohte auch sie mit einer Waffe. Nein, es gab keine andere Lösung. Sie musste es tun.

„Welches Angebot Mädchen?", stellte Kumar seine Frage, nun etwas ungeduldig, erneut. „Jetzt sag schon!"

„DAS würde mich allerdings auch interessieren", sagte eine Stimme, die Alice nur allzu bekannt war. Langsam drehte sie sich zur Tür, von wo Ajeets Stimme kam. Ihr Onkel trug die Kleidung seines Bruder und die Krone, als gehörten sie wirklich ihm. Er war in Begleitung von zwei Wachen, die jemanden festhielten. Entsetzt erkannte Alice, dass es Ling und Yasmin waren.

„Wart ihr das? Habt ihr unsere Gefangenen befreit?", fragte er scharf. Alice starrte Ajeet an, unfähig etwas zu sagen.

„Keine Antwort ist auch eine Antwort", sagte Ajeet achselzuckend. „Diese jungen Damen hier sind beim dem Versuch zu entkommen, direkt meinen Wachen in die Arme gelaufen. Tja, blöd gelaufen würde ich sagen. Jetzt geht es auf direktem Weg zurück in die Zelle und die Chance von ihren Eltern freigekauft werden zu können haben sie sich mit dieser

Aktion auch noch genommen. Wisst ihr, ich mag es überhaupt nicht, wenn kleine Mädchen denken sie wären schlauer als ein großer Mann. Und damit das auch allen anderen endlich klar wird, werdet ihr den Platz eurer Lehrerin einnehmen. Und eure Hinrichtung wird in einem neuen Kapitel der Geschichte Aurias einnehmen. Ich werde es ´Der Aufstieg des Adlers´ nennen", verkündete er feierlich.

„Los, bringt sie weg!", befahl er seinen Wachen. Eine Wache packte May und Kelly, zwei weitere kamen auf Alice zu.

„Halt", rief Alice. Die Wachen hielten inne und auch Ajeet, der gerade im Begriff gewesen war, den Thronsaal mit Kumar zusammen wieder zu verlassen, drehte sich um.

„Was ist mit meinem Angebot?", fragte Alice.

„Oh richtig", rief Ajeet und lächelte spöttisch. „Ich wollte es ja unbedingt hören. Aber mach schnell, ich habe nicht den ganzen Tag Zeit." Er blickte Alice durchdringend an. Alice wusste von ihrem Vater, dass nur wenige diesem Blick standhalten konnten, doch da ihr Vater diesen Blick immer dann angewendet hatte, wenn sie und Akaash wieder einmal etwas angestellt hatten (und das hatten sie quasi ständig), schaffte sie es, ihrem Onkel in die Augen zu sehen, ohne nervös zu werden.

„Ich kann dabei helfen die Prinzessin zu fangen", begann sie, ohne auf die entsetzten Blicke ihrer Freundinnen und das Protestieren Yasmins und Lings zu achten.

„Aber-"

„Eure Majestät."

190

„Wie bitte?", fragte Alice irritiert.

„Es heißt: Ich kann dabei helfen die Prinzessin zu fangen, eure Majestät", erklärte Kumar.

„Ach richtig, man nennt sich ja jetzt König", spotte Alice.

„Darf ich jetzt fortfahren, EURE MAJESTÄT?" Sie deutete eine spöttische Verneigung in Ajeets an.

„Pass auf wie du mit dem König sprichst, Mädchen", zischte Kumar.

„Ist schon gut, Alok", winkte Alices Onkel ab. „Das Angebot der jungen Dame hier klingt doch sehr interessant. Fahr fort, Mädchen."

„Wie ich bereits gesagt hatte", begann Alice erneut und warf Kumar einen genervten Blick zu. „Kann ich helfen, die Prinzessin zu fangen. Allerdings verlange ich etwas dafür."

„Ich bin ganz Ohr", sagte Ajeet.

„Ihr lasst meine Freundinnen frei." Alice blickte ihren Onkel fordernd an. Ajeet verschränkte die Arme vor der Brust.

„Und wie kann ich mir sicher sein, dass du und deine Freundinnen nicht abhaut, sobald ich sie freilasse?"

„Weil wir nicht diejenigen sind, die Pistolen haben", antwortete Alice. Ihr Onkel zögerte einen Moment lang, dann sagte er:

„Wir lassen Eine frei. Wenn du uns brauchbare Informationen lieferst, lassen wir auch den Rest frei." Alice nickte.

„Einverstanden." Ajeet gab der Wache, die Kelly festhielt, ein Zeichen, woraufhin diese Kelly losließ. Kelly lief zu Alice und stellte sich neben sie.

„Bist du lebensmüde?", zischte Kelly auch sogleich. Alice verdrehte die Augen.

„Kein Kaffeekränzchen, Mädchen, sondern Informationen", rief Ajeet ungeduldig. Alice nickte. „Ich weiß unter welchem Namen die Prinzessin auf dem Mädcheninternat angemeldet war", sagte sie. Sie schaute ihren Onkel an, der ihr ungeduldig zunickte.

„Der Name ist Aleika Dalal", gab Alice preis. Yasmin und Ling schnappten nach Luft.

„Aleika Dalal, und weiter?"

„Ich weiß auch, wer sich hinter diesem Decknamen verbirgt."

„Ja, und wer ist das? Wer ist Aleika Dalal? Lass dir nicht alles aus der Nase ziehen, Mädchen!", schrie Ajeet.

„Ich." Alice öffnete den Verschluss ihrer Kette und nahm das Medaillon ab. „Ist das wirklich der Grund, warum du mich zur Staatsfeindin Nummer 1 erklärt hast?", fragte sie und hielt das Medaillon hoch.

„Oder hattest du Angst, dass ich dich mitten in der Nacht überfalle, so wie du es mit meiner Mum gemacht hast? Oder wolltest du mich unbedingt umbringen? Wahrscheinlich alles drei", beantwortete sie sich ihre Frage gleich selbst.

„Du hast mich zur Staatsfeindin gemacht, damit ich dir ausgeliefert werde und du dir die Karte für den Berg holen konntest, um neben dem mächtigsten auch noch der reichste Mann des Landes sein zu können, richtig?", fragte sie. Ajeet sagte nichts, sondern starrte Alice bloß mit einer Mischung aus Ungläubigkeit und Fassungslosigkeit an.

„Was ist?", höhnte Alice. „Hat das kleine Mädchen dem großen Mann etwa die Sprache verschlagen?" Ajeet erwachte aus seiner Starre.

„Ganz im Gegenteil", erwiderte er und lächelte böse. „Ich habe sogar noch sehr viel zu sagen. Und zwar morgen bei deiner Hinrichtung, liebste Nichte. Ich werde eine Rede halten, in der ich alles, was wir gemeinsam erlebt haben, aufzähle." Alice lachte trocken auf.

„Das wird dann aber die kürzeste Rede in der Geschichte der Menschheit", meinte sie. „Außerdem hatten wir eine Abmachung", fügte sie kühl hinzu.

„Und die wäre?", fragte ihr Onkel.

„Du lässt meine Freundinnen frei. Jetzt!" Ajeet lachte.

„Sei doch nicht so naiv, liebste Nichte", sagte er. „Deine Freundinnen haben sich des Hochverrats schuldig gemacht, indem sie uns nicht über deinen Aufenthaltsort benachrichtigt haben. Sie werden selbstverständlich auch zum Tode verurteilt."

„Sie wussten nicht, wer ich bin", rief Alice aufgebracht.

„Weißt du wie egal mir das ist?", entgegnete Ajeet.

„Du wirst es nicht glauben, aber ja, das wusste ich", gab Alice zurück. Sie holte aus und warf das Medaillon aus dem einzigen geöffneten Fenster des Thronsaals.

„Nein", schrie Ajeet zornig und rannte zum Fenster. Alice grinste.

„Viel Spaß beim Suchen", sagte sie. Ajeet fuhr zu ihr herum und funkelte sie zornig an.

„Ich hätte wirklich Lust dir hier und jetzt den Hals umzudrehen", knurrte er. Dann wandte er sich an seine Wachen.

„Sucht das Medaillon!", befahl er. Die Wachen, die Ella und May festhielten, ließen diese los und verließen mit einer weiteren Wache den Thronsaal. Ella und May liefen schnell zu Alice und Kelly.

„Geniale Idee", flüsterte Ella und kicherte.

„Aber jetzt bekommt dein Onkel die Kette", meinte May und runzelte die Stirn.

„Soll er doch", meine Alice achselzuckend. „Hauptsache wir kommen hier heil raus. Yasmin, Ling, Achtung", rief sie, spannte einen Pfeil ein und schoss ihn auf die Wachen, die Ling und Yasmin festhielten, ab. Instinktiv ließen diese Alices Mitschülerinnen los und sprangen zur Seite. Yasmin und Ling rannten zu Alice, Kelly, May und Ella.

„Los, raus hier", rief Alice. Das ließen sich die anderen Mädchen nicht zweimal sagen und rannten los.

„STOPP", brüllte Kumar und ein lauter Knall ließ die Mädchen abrupt inne halten. Langsam drehten sie sich um. Kumar zielte mit seiner Pistole auf sie. Alice spannte einen Pfeil ein.

„Wenn du jetzt schießt…", knurrte Kumar und richtete die Waffe direkt auf Mays Brust.

194

„Los, lass deine Waffe fallen!" Alice zögerte. Kumar legte demonstrativ seinen Finger fester auf den Auslöser.

„Ist ja schon gut", rief Alice und ließ ihren Bogen und den Pfeil fallen. Kumar richtete die Pistole nun auf sie.

„Ganz langsam herkommen und keine falschen Bewegungen", befahl er. Die Mädchen gehorchten. Alice sah zu May. Sie sah, wie May überlegte. Ihre Augen huschten durch den Raum und blieben an der linken Wand hängen.

„Das Gemälde da", sagte sie und deutete darauf. Ajeet und Kumar drehten sich dorthin.

„Was ist damit?" Ajeet sah zu ihr.

„Warum habt Ihr ein Gemälde von Eurem Bruder und seiner Familie in Eurem Thronsaal hängen und keins von Euch?" Ajeet verzog das Gesicht und sah zu dem Gemälde.

„Ist ein Tresor", knurrte er. „Für die Krone. Wenn man es abnimmt, fliegt einem der Tresor um die Ohren und-" Er drehte sich blitzschnell wieder um. Aber er hatte zu spät begriffen. Alice hatte ihren Bogen bereits wieder aufgehoben und erneut einen Pfeil angelegt.

„Lass den Fallen", fauchte Ajeet. „Sofort, oder willst du, dass deine Freunde sterben?" Er deutete mit dem Kopf zu Kumar. Dieser zielte immer noch auf sie.

„Nein, will ich natürlich nicht", entgegnete Alice und schoss den Pfeil ab. Er schleuderte Ajeet die Waffe aus der Hand, die zehn Meter außer Reichweite landete. Sofort spannte Alice den nächsten Pfeil und zielte auf Ajeets Hose. Dort steckte eine

195

Waffe. Bevor Ajeet nach ihr greifen konnte, hatte Alice den Pfeil bereits abgeschossen und die Tasche getroffen. Der Pfeil hatte über der Pistole die Hosentasche durchbohrt und war in Ajeets Umhang stecken geblieben. Ajeet würde ein wenig brauchen, um den herauszuziehen. Alice drehte sich zu den anderen Mädchen um.

„Lauft", zischte sie ihnen zu. Ella blickte sie entgeistert an.

„Und dich sollen wir hierlassen?", flüsterte sie.

„Ja, macht schon", erwiderte Alice ungeduldig. Zögernd tat Ella, was Alice wollte und scheuchte die anderen nach draußen. Alice drehte sich wieder zu Kumar und Ajeet um. Kumar holte sich gerade wieder seine Pistole wieder und Ajeet hatte sich bereits den Pfeil wieder aus der Hose gezogen. Kumar trat, seine Waffe auf Alice gerichtet, neben Ajeet. Alice spannte erneut einen Pfeil ein und zielte auf ihren Onkel.

„Was hast du vor, Mädchen?", fragte Kumar mit einem Anflug von Panik in der Stimme. Alice antwortete nicht und schoss den Pfeil ab. Er verfehlte sein Ziel nicht und bohrte sich in Ajeets Schulter. Alices Onkel schrie auf. Entsetzt und zornig zugleich starrte Kumar Alice an. Er hatte seine Pistole immer noch auf sie gerichtet.

„Jetzt hast du den Bogen eindeutig überspannt", brachte er zwischen zusammengebissenen Zähnen hervor und wollte abdrücken, doch Alice hatte bereits den nächsten Pfeil eingespannt und zielte auf Kumars Hand.

„Oh nein, nicht schon wied-", begann Kumar, aber da hatte Alice den Pfeil bereits losgelassen und ihm die Waffe somit aus der Hand gerissen.

„Was ist?", fragte sie und deutete auf ihren Onkel. „Wollen Sie ihrem Boss denn nicht helfen?" Kumar zögerte kurz. Er sah sich um. Die Wachen, die noch da waren, schienen nicht erpicht darauf zu sein, sich mit Alice anzulegen. Von ihnen hatte er also keine Hilfe zu erwarten.

„Wir kriegen dich noch, verlass dich drauf", drohte er zähneknirschend. Alice grinste und rannte ihren Freundinnen hinterher.

Draußen angekommen wurde sie von Ella, May, Kelly und Jungs in eine Umarmung gezogen, die ihr fast die Luft abdrückte.

„Wir dachten du schaffst es nicht", flüsterte Ella mit erstickter Stimme.

„Ja man, wir haben uns echt Sorgen um dich gemacht, als die anderen ohne dich zurückgekommen sind", sagte Max ernst.

„Aber du hast es ja doch noch geschafft", fügte Balram hinzu und klopfte Alice auf die Schulter.

„Kommt, gehen wir zu den anderen. Die fragen sich bestimmt schon wo wir bleiben", meinte Dhiren.

„Wisst ihr denn, wo sie hin sind?", fragte Kelly.

„Ja, sie wollten zu Ellas Eltern", meldete Ling sich zu Wort.

„Zu meinen Eltern? Wieso?" Ella runzelte die Stirn.

„Madame Durand wurde angeschossen. Es sieht nicht gut für sie aus", sagte Yasmin leise. Geschockt sah Alice ihre Freunde an. Diese waren nicht minder geschockt.

Als Alice, ihre Freunde, Ling und Yasmin bei Ella ankamen, wurden sie von Mia empfangen. Alices ehemaliges Kindermädchen zog Alice sofort in eine feste Umarmung.

„Oh Alice, ich habe mir ja solche Sorgen gemacht", rief sie und drückte Alice einen Kuss auf die Stirn. „Was, wenn Ajeet dich erkannt-"

„Ich habe mich ihm zu erkennen gegeben", unterbrach Alice Mia. Diese schnappte entsetzt nach Luft.

„Aber warum denn das, Liebes?"

„Weil ich dachte ich könnte die anderen so retten." Mia seufzte.

„Naja, ist ja nochmal gut gegangen, was? Los, kommt mit ins Wohnzimmer. Amrita hat Tee gemacht und eure Freunde wollen auch wissen, wie es euch geht."

„Und wie geht es Madame Durand?", fragte Ella, als sie Mia ins Wohnzimmer folgten. Mia seufzte schwer.

„Deine Mutter kümmert sich gerade um die Wunde. Aber ehrlich gesagt sieht es ziemlich schlecht für eure Lehrerin aus."

Im Wohnzimmer wurden Alice und die anderen mit einem großen Hallo begrüßt und mit allen möglichen Fragen gelöchert.

„Wieso habt ihr so lange gebraucht?", fragte Tom. Ella berichtete knapp, wie es ihnen ergangen war und Alice musste den Rest ergänzen.

„Du bist also wirklich die Prinzessin?", fragte Rajiv fast schon ehrfürchtig.

„Wir haben so etwas schon vermutet, doch sicher waren wir uns nicht", fügte Kamal hinzu.

„Aber Alice, warum hast du deinem Onkel einfach so die Kette überlassen?", wollte Yasmin wissen. „Ja, das habe ich mich auch gefragt." May blickte sie vorwurfsvoll an.

„Ist doch nur eine Kette", meinte Alice und zuckte die Achseln.

„Eine Kette, die deinen Onkel zum reichsten Mann des Landes macht, wenn er sie findet", fauchte May.

„Nein, das glaube ich nicht", erwiderte Alice gelassen. „Oder glaubt ihr ernsthaft ich überlasse ihm einfach so die Karte?" Alice zog die Karte aus ihrer Hosentasche und hielt sie hoch.

„Ja, aber was hast du ihm denn dann gegeben?", fragte May verwirrt.

„Ach weißt du, da gibt es noch ein paar wunderschöne Fotos von Akaash, als er das erste Mal auf einem Pferd saß. Und glaubt mir, weder er noch das Pferd sahen da besonders glücklich aus… Eigentlich schade, so etwas an Ajeet zu verschwenden, aber ich hab´s ja zum Glück doppelt." Die anderen lachten und auch Mia und Amrita konnten sich ein Grinsen nicht verkneifen.

Das Warten darauf zu erfahren, wie es Madame Durand ging, machte Alice verrückt und so stand sie auf und ging nach draußen in den Garten, wo Mala mit einem dicken Stück rohen Fleischs vor der Nase lag. Mia und Amrita hatten Mala hergebracht, weil eine der Wachen sie mit einem Streifschuss an der Schulter verletzt hatte. Doch Mala ging es den Umständen entsprechend gut, denn sie konnte schon wieder mit Black Beauty streiten. Alice setzte sich neben sie.

„Hey Mala", sagte sie leise und strich der Tigerin über den Kopf. „Na, wie geht es dir? Tut es sehr weh?" Mala hob den Kopf und stupste Alice an, als wollte sie sagen:

„Mir geht's gut, und dir so?" Alice seufzte und fuhr mit der Hand durch Malas Fell.

„Ach Mala, warum muss das Leben nur so unfair sein? Wieso haben die anderen ihre Eltern noch und ich nicht?" Mala rieb tröstend ihren Kopf an Alices Schulter und schnurrte. Hinter ihr machte sich jemand mit einem Räuspern bemerkbar. Alice sprang auf und drehte sich um. Ella, Kelly und May waren in den Garten gekommen. Sie waren In Begleitung von Mia und sahen alle sehr beunruhigt aus.

„Was ist?", fragte Alice.

„Es ist noch nicht vorbei. Du wirst jetzt gesucht. Ella hat gerade einen ganzen Trupp Black Warriors hierherkommen sehen", berichtete Mia. „Du musst weg. Sofort."

„Und ihr? Sie werden euch doch sofort wieder festnehmen!"

„Du musst weg, Alice", wiederholte Mia nachdrücklich.

„Ja, gut", seufzte Alice, nahm ihren Köcher und den Bogen, die neben ihr im Gras lagen und stand auf. „Mala, komm." Mala erhob sich ein bisschen schwerfällig und folgte Alice zum Gartentor.

„Alice, wo willst du hin?", fragte Ella scharf.

„Ich werde dafür sorgen, dass sie nicht zu euch reinkommen", entgegnete Alice.

Die Black Warriors machten sich gerade bereit, die Tür von Ellas Haus einzutreten, als Alice in den Vorgarten kam. Mala stieß ein tiefes Grollen aus. Die Männer drehten sich um.

„Hi", sagte Alice und winkte. Die Männer zogen ihre Waffen.

„Und bye", rief Alice, drehte sich um und sprintete los.

„Hinterher", hörte sie einen der Männer schreien. „Der König will sie lebend!" Alice warf einen Blick über die Schulter. Zehn Black Warriors waren ihr dicht auf den Fersen. Alice zog einen Pfeil aus ihrem Köcher, spannte ihn an und zielte auf die Männer. Im Rennen schoss sie ihn ab. Der Pfeil flog direkt auf die Black Warriors zu. Die Männer duckten sich und der Pfeil landete auf dem Boden. Alice schoss den nächsten Pfeil ab. Wieder duckten die Männer sich. Alice hatte jetzt einen größeren Vorsprung. Sie rannte trotzdem ein bisschen schneller und warf zudem eine Biomülltonne um, die auf dem Gehsteig stand. Sie würde die Männer noch einmal zusätzlich aufhalten. Wenn die nicht auf Bananenschalen ausrutschen wollten, mussten sie nämlich wohl oder übel auf die Straße ausweichen.

Alice hatte die Black Warriors für´s Erste abgehängt. Sie würde diesen Vorsprung nutzen, um zu Mia kommen. Das war noch ein ziemliches Stückchen, doch dort gab es ein kleines

Wäldchen, wo Alice sich verstecken konnte. Die Polizisten würden sie sicher nicht so schnell finden.

Der Aufstieg des Adlers und sein Untergang

Die Beerdigung fand bereits vier Tage später statt. May hatte alle, die auf ihrem Mailverteiler waren, gebeten, ihre Freunde und Verwandten zu bitten, dass sie kommen.

Alice hatte sich die ganze Zeit über in dem Wald versteckt und war nur ein einziges Mal zu ihrem allerersten Versteck in den Klippen gegangen, um das Geburtstagsgeschenk von Mia abzuholen, das dort immer noch lag. Einmal war sie auch zu Dhiren gegangen, um sich Essen und Trinken zu holen. Zu der Beerdigung zu gehen, riskierte sie.

Als sie dort ankam, staunte Alice nicht schlecht. Anscheinend waren alle Mays Bitte nachgekommen und hatten Freunde und Verwandte mitgebracht: Alices halbe Schule, ihre Neue Klasse, Mia, sowie die Eltern und die gesamte Lehrerschaft waren gekommen. Amrita hatte die Beerdigung organisiert und hielt auch eine Rede. Doch Alice hörte nur mit halbem Ohr zu. Sie hatte nur Augen für das Grab ihrer Familie eine Reihe hinter dem Madamde Durands.

„… Sie hatte stets ein offenes Ohr für die Schülerinnen und später auch Schüler. Sie war fair und vor allem die Einzige, die den Mut hatte, die Schüler in dem Unterdrückungsregime zu unterrichten und dabei ihr Leben aufs Spiel zu setzen. Ich weiß, das ist eine Beerdigung, aber trotzdem habe ich eine Bitte: An alle, die irgendetwas haben, das sie an Schüler, die lernen wollen, weitergeben wollen, tut es! Und an alle Schüler und

Schülerinnen, die wieder zur Schule gehen und lernen wollen, macht es. Natürlich ist es gefährlich, doch ich hoffe mal, dass ein Großteil derer, die heute gekommen sind, mir zustimmen, wenn ich sage, dass es nicht so weitergehen kann und dass es weiterhin selbstverständlich sein soll, dass unsere Kinder etwas lernen und später einen Beruf ihrer Wahl ergreifen können. Meine Schule ist für jeden geöffnet, der sein Wissen erweitern möchte. Dankeschön", beendete sie ihre Rede. Alle klatschten. Ellas Onkel John dabei am lautesten. Mia stellte sich nun neben Amrita und ergriff das Wort:

„In meinem kleinen Haus am Stadtrand kann jeder, der will mit zum Leichenschmaus kommen. Ich habe mit Amrita und ein paar anderen zusammen etwas vorbereitet, es ist wirklich genug für alle da. Also, jeder, der noch Zeit und Lust hat, kann mir jetzt einfach folgen." Sie winkte die Trauergäste hinter sich her und führte die Prozession vom Friedhof. Alice schloss sich der Gruppe nicht an, da sie sich ein neues Versteck suchen musste. Doch davor ging sie noch zum Grab ihrer Eltern und ihres Bruders. Sie war heute das erste Mal am Grab ihrer Mum. Etwas zu sagen käme ihr albern vor, doch trotzdem hatte sie das Gefühl, dass ihr Familie bei ihr war. Sie hatte in einem Blumenladen die schönsten Exemplare der Lieblingsblumen ihrer Mutter gekauft, die sie auch eigenhändig einpflanzte. Nun schmückte ein wunderschönes Herz aus Pfingstrosen und Schleifenblumen das Grab. Alice lächelte. Sie würde das Grab nun öfter besuchen und sich darum kümmern, das schwor sie sich. Als sie sich zum Gehen wandte sah sie, dass Ella, Kelly und May etwas entfernt standen und warteten. Alice ging zu ihnen.

„Hey, warum seid ihr noch nicht weg?", fragte sie.

„Wir wollten uns noch verabschieden", entgegnete Ella.

„Meint ihr, es werden jetzt mehrere unserem Beispiel folgen und zur Schule gehen?", fragte May.

„Vielleicht", antwortete Kelly nachdenklich. „Aber der König weiß davon und ich glaube nicht, dass er es einfach so geschehen lassen wird."

„Das glaube ich auch nicht", stimmte Alice ihr zu. „Und ich weiß auch nicht, ob es noch einmal klappen wird, hinter seinem Rücken zu Schule zu gehen, aber ich weiß, dass er Recht hatte, als er meinte, dass er in die Geschichte eingehen wird. Allerdings hat er etwas vergessen, als er diesem neuen Kapitel den Namen *'Der Aufstieg des Adlers'* gab. Denn ich werde nicht einfach zusehen wie er dieses Land tyrannisiert und unterdrückt und ich werde alles daran setzen, dass das neue Kapitel in der Geschichte Aurias am Ende *'Der Aufstieg des Adlers und sein Untergang'* heißt." Ella legte ihr eine Hand auf die Schulter.

„Und wir werden dir helfen", versprach sie. „Dein Onkel kann sich warm anziehen." Alice nickte. Wenn Ajeet dachte, er hätte den Widerstand gebremst, dann hatte er sich geirrt. Er hatte genau das Gegenteil bewirkt. Alice war entschlossener als je zuvor, ihn ihren Hass spüren zu lassen. Und während sie sich von ihren Freundinnen verabschiedete, fasste sie einen Entschluss: Sie würde mit der Hilfe ihrer Freunde gegen Ajeet kämpfen, bis zum Schluss.

Mathea Ella Doll wurde am 10. Februar 2005 in München geboren.
Sie begeistert sich besonders für Esel und Hunde, aber auch für Tiere im Allgemeinen.
Ihren Abschluss strebt sie derzeit auf der Fachoberschule für Agrarwirtschaft, Bio- und Umwelttechnik an.
Nach dem Abschluss möchte sie Agrarwirtschaft studieren, da die Landwirtschaft sie schon immer begeistert hat und es immer noch tut.

Die Deutsche Nationalbibliothek verzeichnet diese Publikation

in der Deutschen Nationalbibliografie; detaillierte

bibliografische Daten sind im Internet über dnb.dnb.de

abrufbar.

Herstellung und Verlag:
BoD – Books on Demand, Norderstedt

ISBN: 9783754385296